山谷响起的回音

赵 错 著

兰州大学出版社

图书在版编目（CIP）数据

心谷响起的回音／赵错著. —兰州:兰州大学出版社,2013.8（2016.6 重印）
ISBN 978-7-311-04238-7

Ⅰ. ①心… Ⅱ. ①赵… Ⅲ. ①中国文学—当代文学—作品综合集 Ⅳ. ①I217.2

中国版本图书馆 CIP 数据核字（2013）第 209048 号

策划编辑　张映春
责任编辑　张映春　张雪宁
封面设计　李鹏远

书　　名	心谷响起的回音	
作　　者	赵错　著	
出版发行	兰州大学出版社　（地址:兰州市天水南路 222 号　730000）	
电　　话	0931-8912613（总编办公室）　0931-8617156（营销中心）	
	0931-8914298（读者服务部）	
网　　址	http://www.onbook.com.cn	
电子信箱	press@lzu.edu.cn	
印　　刷	甘肃北辰印务有限公司	
开　　本	710 mm×1020 mm　1/16	
印　　张	10.75	
字　　数	163 千	
版　　次	2013 年 9 月第 1 版	
印　　次	2016 年 6 月第 2 次印刷	
书　　号	ISBN 978-7-311-04238-7	
定　　价	38.00 元	

自 序

　　人，生命的一半靠物质，一半靠精神。有了精神生活，人的生命才能完整无缺。我的职业是教师，写作只是业余爱好。有了这种精神追求，才对名利漠然视之，才能坦坦荡荡做人，光明磊落做事。几十年来养成了一种习惯，一有闲暇时间，就去爬格子，当一页页文稿变成铅字，那种精神愉悦和心理满足无法用语言来表达。这本小册子里的文章，大多见诸报刊，现在搜集起来，分门别类，编成《文学作品篇》《语文教学篇》《篇外篇拾遗》三个部分，起名就叫《心谷响起的回音》吧！

　　在《文学作品篇》里，收录了诗歌 3 首，散文 8 篇，小说 9 篇，杂谈 5篇。值得一提的是几篇小说。《平衡》，写一个因"挂彩"掉队后被山民救起又当了山民婆娘的女红军，失去了过多的人生机会，围着碾盘走圆路，产生了多少追悔与感慨！"她不由自主地围着碾盘转一圈儿，抬起不时摇摆着的头，呆呆地望着天空，把视线拉得远远的……"，通过这一简单的场景，展示了女红军追求心里"平衡"的崇高境界。《心谷响起的回音》，是一个动人的故事，最美乡村教师叶钦青献身救学生的英勇事迹，光彩照人。《田来仓外传》中的田来仓，毅然决然辞职回乡，带领村民脱贫致富的精神，可圈可点。《葫芦坝新闻》中，白头发爷爷砍向侵略者——日本鬼子的亮铮铮的钢刀，只有寥寥几笔，却让人不忘国耻。"天网恢恢，疏而不漏"，《M 局长的罗曼史》中，得意忘形的马卫东，终于被绳之以法。《大红纸上的旅程表》中的汪有德，被金钱扭曲了灵魂，把自己的亲骨肉抛向河里后的人性回归，既可怜可恨，又可悲可憎。《老村长的葬礼》中，赵槐田的胆识与智慧，令人赞叹不已！至于《生活的考场》和《曙色耿耿》，表现的则是人生的无奈。在这些人物身上，都留有或深或浅的时代烙印。

在《语文教学篇》中，收录教学论文 5 篇，教材教法 6 篇，诗文鉴赏 8 篇，文化常识 6 篇，作家笔名拾趣 3 篇。《红楼梦》博大精深，"教学论文"中的《引导中学生正确阅读〈红楼梦〉》，只能算是笔者学习《红楼梦》的心得体会！旧版的语文教材中，只有《葫芦僧判断葫芦案》和《林黛玉进贾府》。新版的语文教材中增加了《宝玉挨打》《诉肺腑》《香菱学诗》《抄检大观园》《黛玉之死》等篇目。我生怕误人子弟，讲不透名著经典，迫使自己不得不对《红楼梦》深入研读。我在中学语文教学中的主攻方向是教材教法比较研究，通过同题材课文的比较，能使学生更好地理解作品内容，起到事半功倍的教学效果。这些成果，在"教材教法"中有所体现。杜甫是我国唐代最伟大的现实主义诗人，他的诗歌，大胆揭露了当时的社会矛盾，对统治者的罪恶做了深刻的批判，对贫苦人民寄以深切的同情，善于选取具有普遍意义的题材，反映出政治的腐败，在一定程度上表达了人民大众的愿望。他的许多优秀作品，显示出唐代由盛转衰过程中的社会面貌，是"安史之乱"前后唐代社会的一面镜子，被誉为划时代的"诗史"。"安史之乱"爆发后，杜甫为生活所迫，辗转来到陇右，留下了近 40 首光辉诗篇。笔者对其中的 7 篇进行赏析，这些文章都编在"诗文鉴赏"里。

　　《篇外篇拾遗》中，收入人物 1 篇，专访 1 篇，邮苑花絮 4 篇，通讯 1 篇。至于其他文章，就不一一赘述了。

　　《心谷响起的回音》的正式出版，是对我无怨无悔一生最好的诠释。

　　以上这些文字，就算是这本拙作的序言。

赵　错

2013.7.26

第二版说明

　　人们说，男人的第二个春天是退休后的 10 年。正当我参禅悟道，著书立说之时，天帝召走了与我相濡以沫 40 年的妻子。我悲痛欲绝，吟成诗歌两首，一首是《一株四季盛开的百合花》，一首是《又是大雪纷飞时》，均见诸 2014 年《星星》诗刊。写成散文《一瓣心香》，见诸 2015 年第二期《万象洞》杂志。还有孙子写的缅怀姥姥的作文《过年》。乘这次《心谷响起的回音》再版的机会，一并编入该书的《诗歌》栏目和《散文》栏目，献给远在天国的妻子，以此来表达我们的无尽思念。

赵　错

2016 年 4 月 4 日清明节

目 录

文学作品篇

诗歌

白龙江之歌 …………………………………………… 003

苗圃情语 …………………………… 004

白龙江林区剪影 …………………… 005

一株四季盛开的百合花 ……………………… 007

又是大雪纷飞时 ………………… 009

散文

墓碑上的绿叶 ……………………………… 011

春秋赋 …………………………… 012

松涛赋 …………………………… 013

春的序言(外一章) …………………………… 014

春姐 …………………………… 015

花季,为你姹紫嫣红 ………………………… 016

我的事业 …………………………… 017

我和孙儿乐陶陶 …………………………… 019

一瓣心香 …………………………… 020

过年 ……………………………………… 025

小说

平衡 ·· 026

心谷响起的回音 ································ 028

田来仓外传 ····································· 030

生活的考场 ····································· 032

曙色耿耿 ·· 033

葫芦坝新闻 ····································· 035

M 局长的罗曼史 ······························ 037

大红纸上的旅程表 ···························· 047

老村长的葬礼 ································· 054

杂谈

有感于"仲乐相马" ························· 059

"不倒翁"的联想 ···························· 060

小议"难得糊涂" ···························· 061

靠至诚赢得"上帝" ························· 062

也谈吸烟 ·· 063

语文教学篇

教学论文

中学作文教学初探 ···························· 067

林区小学生作业负担过重的问题值得注意 ········· 070

我为汉字鼓与呼 ······························ 072

引导中学生正确阅读《红楼梦》 ············· 076

语文的归类复习 ······························ 097

教材教法

我用比较法教宋词二首 ······················ 098

异曲同工　各尽其妙 ························· 100

浓墨淡彩　风姿各异 ························· 101

《果树园》与《分马》比较谈 ·············· 103

　　小议《我的老师》与《藤野先生》 ……………… 105

　　两篇《海燕》的比较阅读 ……………………… 106

诗文鉴赏

　　陇南山水少陵诗 ………………………………… 108

　　青泥古道怀诗圣 ………………………………… 110

　　古镇龙门觅诗魂 ………………………………… 112

　　溪壑为我回春姿 ………………………………… 114

　　山圆细路高 ……………………………………… 116

　　东柯好崖谷 ……………………………………… 118

　　流泉·老树·秋花·溪风 ……………………… 120

　　疏笔淡墨写真情 ………………………………… 122

文化常识

　　一字妥帖　全篇生辉 …………………………… 124

　　为"她"正名 …………………………………… 126

　　何谓"博喻" …………………………………… 127

　　"风雅颂"与"赋比兴" ………………………… 129

　　漫话唐诗的四个时期 …………………………… 130

　　话说标点符号 …………………………………… 131

作家笔名拾趣

　　作家笔名拾趣（一） …………………………… 136

　　作家笔名拾趣（二） …………………………… 138

　　作家笔名拾趣（三） …………………………… 141

篇外篇拾遗

人物

　　陇上名相权德舆 ………………………………… 147

专访

　　古成纪传说与大地湾遗址 ……………………… 149

目
录

邮苑花絮

两袖清风　一身正气 ……………………………………………… 151

人类文明的纪念碑 …………………………………………… 153

高峡出平湖 …………………………………………………… 155

集邮与精神文明建设 ………………………………………… 157

通讯

注重人才培养　为企业腾飞积蓄力量 …………………… 160

文学作品篇

诗 歌

白龙江之歌

擎起龙的旗帜，
穿越重峦叠嶂，
带着火样的豪情，
一直向大海游荡。

过原野，
抚摸金色的稻浪；
经丘壑，
种上沉甸甸的橘香。

浪花喷吐，
是向大地倾诉衷肠？
声音喧腾，
向太阳演奏乐章！

（《陇南报》，1987 年 12 月 18 日）

文学作品篇

苗圃情语

我走进苗圃园
小树苗拥抱我的双肩
比姑娘温柔，缠绵
比山泉清亮，新鲜
那甜丝丝的笑靥
深深地印在心田
绿的希望啊
在地上伸展
绿的贞操啊
在地下蔓延
绿的信念啊
幻化出一个个春天
然而，我无法
无法为每一棵树苗写礼赞
只知道她们
——不与百花争艳
却能倾吐一腔赤诚
献给大地无数绿的开端

（《甘肃林业》，1990 年 8 月 25 日）

白龙江林区剪影

白龙江，绕陇南，
林场恰似珍珠撒两岸。
看，竹林丛中，
熊猫把头探；
瞧，白桦树上，
金丝猴儿在攀援；
听，山溪边，
麋鹿饮甘泉。
啊，护林工人，
犹如春神列队把岗站！
腐殖质，积千年，
苔藓如茵似海绵。
采不尽的蘑菇哟，
洁白如银像降落伞；
收不完的木耳哟，
簇簇滋生林海间；
开不败的野花哟，
白黄蓝紫万千点；
数不清的蜜蜂哟，
嗡嗡嘤嘤寻蜜源。
啊，林业工人，
森林——你亲密的伙伴；
绿色——你希望的灯盏。
采集的那一棵棵，
是对祖国的奉献！
新栽的那一片片，

是生命的"明天"！
同志哟，
四化需要栋梁材，
请到白龙江林区来挑选！

（《甘肃林业》,1989 年 5 月 25 日）

一株四季盛开的百合花

——贤妻仙逝百日纪念

你的生命化作
一株四季盛开的香水百合
在灵河岸上
亭亭玉立
如果我的生命还能延续
我将用泪水浇灌
直至眼睛里流淌出
最后一滴血

你的生命化作
一株四季盛开的香水百合
在灵河岸上
亭亭玉立
如果我的生命还能延续
我将用裸露的灵魂日夜守护
伴着月儿西坠
随着太阳升起

你的生命化作
一株四季盛开的香水百合
在灵河岸上
亭亭玉立
如果我的生命还能延续
我将无尽的思念
刻在灵山圣洁的岩石上
为你祈祷,为你祝福

你的生命化作
一株四季盛开的香水百合
在灵河岸上
亭亭玉立
如果我的生命还能延续
无论寒风凛冽
还是艳阳似火
我仍旧傻傻地亲吻你

（《星星》诗刊增刊,2014 年 8 月）

又是大雪纷飞时

——纪念贤妻仙逝一周年

沿着弯弯的山路
轻轻地向你走来
片片雪花落在我的身上
突然看见你
——我的妻子
在昏暗的油灯下
为我缝补厚厚的棉衣裳

沿着弯弯的山路
轻轻地向你走来
片片雪花落在我的身上
忽然听见你
——我的妻子
那嘤嘤的摇篮曲
和着孙儿的鼾声悠悠地回响

沿着弯弯的山路
轻轻地向你走来
片片雪花落在我的身上
依然闻见了
——我的妻子
饭菜的喷香,从窗的缝隙间溢出
在那小院深处荡漾

我轻轻地来到了你的身旁
簇簇青草掩映

树树银花相迎
茫茫的天宇下
那纸钱升腾的烈焰
化作朵朵红莲
在寒风中绽放

（《星星》诗刊增刊，2014 年 12 月）

心谷响起的回音

散 文

墓碑上的绿叶

那片绿洲镶嵌在浩瀚的大漠里。绿树丛中藏着一座坟茔,碑石上没有墓志铭,只是镌刻着一片浓绿色的白杨树叶,它像冬天的童话一样流进了历史的丘壑里。

金灿灿的朝霞,绿沉沉的白杨,唤起了多么神奇的思想,激发起多少变幻的感情。那年,我的祖辈担着星星,背着月亮,从繁华热闹的都市里走来了。飞沙,迷乱了他的眼睛;起伏的沙丘、使他惆怅、寂寥。终于,他一手挽着艰辛,一手挽着希冀和绿色的梦结合了。

多少个漫天星斗的黎明,多少个烈日炎炎的正午,多少个暮霭沉沉的黄昏,他用青筋凸露的双手,挖着一个个植绿栽翠的坑,一滴一滴的汗水,汇成了哗哗春雨,流进了焦渴的戈壁……这是信心与力量的标志,光明与希望的象征!那绿一样的胸怀,绿一样的深情,在长烟浩浩的戈壁上跳跃着,奔腾着……

他在编织青春的梦?他在抒写一行一行无韵的诗?却比春梦还绚丽多彩,比诗还铿锵动人,苦涩中孕育着甜蜜,忧伤中蕴涵着欢欣!雪花飘逸,他舒心微笑;寒风惨惨,他心如铁石。谁说他没有离愁,谁又能知道他没有别恨,他,也是有血性的。天边的月亮圆了又缺,缺了又圆。终于,看见了!看见了晨曦中郁郁葱葱的小白杨迎风摇曳,他仿佛听到了雄浑激越的军号声。朦胧中,他觉得自己刚刚翻过皑皑雪山,刚刚走出茫茫草地。他,我的祖辈,带着喜悦、含着微笑永远沉默了……

从此,沙漠染上了生命的颜色,一个红军战士的余热,构筑成了绿色的长城! 有人说,他是深邃夜空里的启明星,把闪烁的光亮洒向暗夜;也有人说,他是碧空里的一轮太阳,把温暖留给了荒漠。不,他是绿叶,绿得那样鲜,那样亮,透过绿表现出来的是茁壮的生命力,从而庄严地宣告了大自然的勃勃生机!

(《陇南报》,1988 年 5 月 7 日)

春 秋 赋

春,朝霞般明丽;秋,晚霞般绚烂。我爱春的妩媚,但更爱秋的充实。

人们把春比作姑娘,我却要把秋比作少妇。春的丰姿被一层层绿紧紧包裹,而秋的丰腴袒露出全新的世界。听一听春的窃窃私语,吻一吻秋的累累硕果,这时你才能够真正领略到"春华秋实"的含义。

春,圣洁天真,楚楚可人,热烈而又精纯。

秋,温柔亲近,慷慨坚贞,透明而又深沉。

温和的春风,多情的春光,缠绵的春歌,四起的春潮,还有那淅淅沥沥的春雨,宣告春神的诞生。一切的一切,真真切切;一切的一切,情意绵绵,期望的果实在悄悄地孕育着。

红艳似火的秋阳,明明净净的秋空,清洌洁净的秋水,沉沉甸甸的秋实,还有那彩色芬芳,正从秋隆起的胸脯上溢出,蜜一样甘甜,酒一样醇美醉人。

春是多彩的梦,惝恍迷离,朦朦胧胧。

欢悦么,显现出色彩斑斓的虹,腼腆,欣慰,而又不轻佻、虚伪;悲伤么,喷涌出蓝幽幽的泪,惆怅,困惑,而又不失意、沉沦。

秋,在沉默中显示着悲壮与真诚,微笑中蕴含着生命的精灵。那一缕缕情、一串串意,挂在高高的树枝上,裸露于辽阔的田野里。一簇簇,火样红;一片片,雪样白;一畦畦,金子般黄;一个个,翡翠般晶莹。啊!秋的壮阔,秋的豪爽,秋的形象,秋的旋律,秋的音响,凝结成一个旖旎的世界。令人倾倒,令人陶醉,令人神往!

春飘然而去了,带着我虔诚的信念和真诚的追求。

秋款款而来,面对你那原始般纯真,我多么想和你融为一体呀!

(《陇南报》1998 年 11 月 26 日)

荣获《人民文学》举办的全国散文大赛三等奖。

松 涛 赋

　　我看见那一望无垠的林海,心中就涌现出一个永恒的概念:神奇。它的神奇就在于它是一个整体呀!它用它整体的驱干支承着悠悠苍天,它用它整体的根系盘住莽莽大地。啊,是什么声音传来了?既不像山溪的潺潺声,又不像小鸟的啾啾声,慢慢地,我听出来了:哦!原来是松涛声!这声音多么雄浑!这声音多么悲壮!在松涛声中,风云散尽了!失败沉淀了!然而,美妙的幻想不是在阵阵松涛声中孕育吗?

　　松涛声声,是以整体的绿色的形象发出声声呐喊吗?是为愚昧、贫穷以及麻木不仁而痛心疾首吗?还是为驱除折磨人的懦弱、惶惑,为强者的自信与乐观帮腔助阵吗?是为那无数次的冲动和那无数次的遗憾惋惜吗?还是用炽烈如火的激情,演奏对春的恋歌吗?

　　声声松涛,我仿佛着迷似的来到了童话般的圣洁世界,强烈地感受到了大自然的气息和搏动,听到了一种虔诚的信念为自由而招魂。我要在这声声松涛中,索取超人的气度,索取博大的胸怀,索取坚定的信念,索取无畏的勇气!

　　还需要默许什么吗?随着阵阵松涛奔涌过来的是整体的基调,整体的胆识和整体的力量!随着阵阵松涛奔涌过来的不是忧愁、恐惧与危险,而是兴奋、胜利与满足!随着阵阵松涛声,奔涌过来的不是冬的严酷,而是春的微笑!不是猫爪抓心的郁闷,而是阳春三月的明光!

(《陇南报》,1991 年 6 月 15 日)

文学作品篇

春的序言（外一章）

红扑扑的太阳从透明的霞光中升起，悬念从柳树枝头滑过，和煦的春风用流畅的语言书写着一首首并不押韵的诗，油油的春雨回忆着冬日的严酷。

呵，一粒粒金灿灿的种子，用生命的顽强毅力，标出明晰的季节层次。农民们一滴滴亮晶晶的汗珠儿，汇成了清亮亮的小溪！这，不是完整的段落！

是谁如泣如诉，构思夏的情节？又是谁如醉如痴，编织着秋的故事？广袤的原野上，谁在纤纤作细步？我反反复复，复复反反地寻觅，原来春姑娘在抚摸土地，土地又把春姑娘抚摸！在春姑娘细腻的心里，主题升华成一曲丰收的赞歌！

绿 叶 颂

绿叶，长出一片又一片，信念多了一圈又一圈。

绿叶，能催开鲜花朵朵，能凝结累累硕果，能拣拾散落的历史，还能熔化金石。

绿叶，能萌发真诚的微笑，能给你的血管里倾注热血，还能辐射生命的力！

绿叶，如朦胧的晨雾，似潺潺的山溪。绿叶上跃动着春意，还有那秋的负荷。待到绿叶把心事倾吐，那就是光辉的奠基。

（《陇南报》，1991 年 2 月 2 日）

春 姐

　　月儿还没有落,星星刚刚隐去,静静的田野里,飘荡着一曲《黄土高坡》。我搜寻着,搜寻着,向试验田里走去。哦,春姐!手中挥舞着银锄;披肩发犹如一道瀑布,眼睛平静得像一泓清泉,面庞泛起阵阵红波!

　　"春姐,你从农大毕业,咋不留在城里?却偏要来到爸爸的降生地——黄土高坡?"

　　春姐的话语和山巅的太阳一起迸出:

　　"我要用滚烫的热血,洗涮黄土高坡的贫苦!"

(《陇南报》,1989 年 4 月 15 日)

015

花季,为你姹紫嫣红

　　花季是一首歌,每个音符充满了欢乐;花季像一泓清泉,是那样的碧绿,清澈;花季如同初升的红日,多么灿烂,多么明媚。

　　然而,花季的心灵必须用知识来充实。在知识的山峰上登得越高,眼前展现的景色就越壮阔。花季的理想——鲜凌凌,而勤奋与艰辛才是实现理想的阶梯! 只有用辛勤的汗水播下希望的种子,待到金秋才会有累累硕果! 花季不能容忍自己的懒惰,害怕困难,回避痛苦,那只能是自暴自弃。花季,有时复杂得让人不可捉摸,有时却又简单得像一颗透明的水滴。花季,鲜花、绿叶铺展;彩云、艳阳相伴。然而花季也有风雨、饥寒、泥泞与坎坷。要在生活的坐标上找到自己的位置,必须要有信心与毅力! 每迈一步,都要留下清晰而又坚定的足迹!

　　花季,像紫红色的蝴蝶含着碧玉;花季,又像一串串泛着红光的灯笼。花季的朋友们,只有我才能读懂你纯如水晶,亮如明月,洁如白雪的芳姿! 生活,丰富多彩;人生,鲜活亮丽。请接受我真诚的祝福:

　　花季,为你姹紫嫣红,

　　明天,阳光灿烂无比,

　　点燃生命的火焰,

　　理想,会变成

　　沉甸甸的秋实!

(荣获 1991 年《三峡杯》散文创作大赛二等奖。)

我的事业

我没有牧歌式的童年,没有令人羡慕的学历,没有光荣的斗争历程,没有惊人的创造发明。我从事的工作如同我的人一样平凡。我曾憧憬未来,但一次又一次的希望被现实的巨浪摔碎了!

正当长身体的时候,"自然灾害"笼罩全国;正当学知识的时候,"东方神话"弥漫大地。我也和许许多多的青年一样有过狂热和迷惘,但我的激情使我一次次地深受蒙蔽!随着生活的磨炼,岁月的洗礼,我便对现实开始反思。在学习政治理论的同时,我统计出"毛泽东选集"(1—4卷)中有三千个不同的汉字。就这一点,为我以后的学习奠定了坚实的文字基础。

我在希望,但又失望到了底!周总理逝世后,我出于对总理的热爱,学着写了几首悼念总理的诗,被一个团委的干事发现了。他说,这诗还不错,就给他抄去了。不幸的是那位团干抄去的诗,竟然被"领导"知道了。在"追查总理遗言"的白色恐怖中,我被当作重点审查对象,连写的"检讨"都被装入档案里。时代的恐惧症浸入了我的神经细胞。一天晚上,我流着委屈的泪水,酸楚就像山谷谷底升起的夜雾一样,一阵一阵向我袭来,心中有难言的隐痛。当时,我想到了死以及死后的承诺。

历经十年的国难终于结束了。大病初愈的中华民族,开始清洗自己身上残存的污秽!我热泪盈眶,心花怒放。昔日的不幸与痛苦,在我滚烫的心中逐渐蒸发。我怀着极大的求知欲,曾向几所大学写信,恳求他们接收我当一名函授生,但都被他们婉言谢绝了。后来,国家开办了高等教育自学考试,于是,我就加入到自学的行列中。我,以书籍为骏马,驰骋在知识的原野上;我,以书籍为飞舟,行驶在铅字的海洋里。通过三年的艰苦奋斗,我终于领到了由主考院校兰州大学颁发的汉语言文学专科毕业证书!

现在,我与粉笔打交道已十八年了,已经送走了四届高中毕业生。在省、地级报刊上发表了有关语文教学方面的文章二十余篇,得到了社会的认可。我还利用业余时间,编著成《中学语文教学板书设计三百篇》,受到有关专家的好评。

总之,我的事业充满了坎坷,充满了痛苦,有些痛苦无法向人诉说,只能自己默默地吞咽。在逆境中拼搏,不曾听到一句价值半个馒头的肯定性评语,却有来自不同角度的白眼。在与命运的抗争中,我深深地领悟到:人生在世,总有一种追求和期待。只要坚持不懈地追求自己认定的目标,一旦成功到来,你就会感到万分的喜悦。

《我的事业》荣获 1991 年度《北京·冠生园·冰川杯》全国有奖征文大赛荣誉奖。

心谷响起的回音

我和孙儿乐陶陶

沧海桑田,星移斗转,我成了爷爷。

小孙儿丁锐科,天性聪颖,悟性好,爱学习。从三岁半开始就断断续续地学一些古诗,那时我还在陇南上班。现在他已经能非常熟练地背诵古诗 100 余首,古今名句 100 余句,百科知识 100 余条。会写 300 余字,会认 500 余字。还是我小时候下过的军棋,给他教会后,现在我胜不过他了!五岁半学象棋,长进很快,我给他让两匹马或者一车一马,我也很难赢!围棋下得更好,往往是以我的失败而告终!

孙儿是早产婴儿,先天性免疫功能低下。一到幼儿园就生病,过了五岁才正式上幼儿园,珠心算学得可快啦!100 以内的连加连减堂堂如流水!

六岁以前,早晨先背诵唐诗,中间休息 30 分钟,再写一页字。背诵大约在 25 分钟左右,今天五言,明天七言,有时加上百科知识,间隔着轮流背诵。第一步是接龙,第二步是对对子,第三步,由我起头念一句,再由他单独背诵。下午则是算算术,接下来是下棋,猜谜语,做游戏。晚上或听广播或唱歌。有一次,他听到广播里说了一句"小桥流水人家",便手舞足蹈地跑来对我说:"爷爷,我听到'小桥流水人家'啦!"真是天真烂漫,笑容可掬!他写的毛笔字"远看山有色,近听水无声。春去花还在,人来鸟不惊",署上了自己的名字和年月日。还特意画了一幅我要去陇南的画,有太阳,有山,有水,有树木,我拉着行李箱在崎岖的道路上前行。他最喜欢听爱因斯坦小时候的故事,让我一遍一遍地给他讲,他百听不厌。他还喜欢读李白的诗。背诵唐诗的时候,姥姥饶有兴趣地坐在床边听,当听完孙儿流利的背诵,她那干瘪的面庞顿时绽开了笑容。此刻孙儿扑在她的怀里,等待她的亲昵和爱抚。多么富有诗意啊!此时此刻一切忧愁和烦恼都抛在九霄云外了!

我和妻子不希望孙儿做官为宦,地位显赫;不希望孙儿乘宝马香车,住别墅佳园;不希望孙儿有金山银海,万贯家私。只希望孙儿多读圣贤书,做一个普普通通的劳动者!

2009 年 6 月 8 日于陇南两水镇

一瓣心香
——纪念贤妻往生一周年

望着妻子凝情含笑、端庄正气的面庞,令人难以忘却的往事,一幕一幕地浮现在眼前。

一九七二年,我们过"革命化"的春节,正月初一,吃过早饭,我把宿舍门打开,想透透气,随着一缕和煦的阳光,一只黄蝴蝶栩栩然飞到我的小箱子上落下了! 室友惊讶地说:"你的好事来了,这只蝴蝶,也许是你的情,你的爱呀!"我感到诧异,虽说是春节,但刘家峡依然天寒地冻,不知这只小生灵从何而至?

春节过后,领导让我去出差,我不想去,因为工资低,出差补助少,一出去,就得在财务挂账,几个月扣不清。但嘴上不敢说不去,只得遵命而行! 到了卓尼,就与前来探望同学的周月华一见钟情,相识相恋了。

(一)

一九七三年六月三十日,我们在临洮举行了婚礼。过了一周,妻子嚷着要去老家看看,我说:"家里很穷,你去会失望的,还是不去为好!"她说:"现在家家如此,谁家富裕呢?"由于我拗不过她,只好壮着胆前往! 下汽车,出县城,必须要过一条小河,还要上一座小山,说是五六里路,其实比五六里路要长得多。走到河边,由于前夜落了一场雨,河水涨了,桥被冲垮了,只能蹚水过河,别无他路! 我向下游张望,发现那里有一座独木桥。水浅的地方,垒着大石头,那石头排列得十分整齐,我们把它称为列石。水深的地方,架着一根木头。妻子忧心忡忡。我说:"不用怕,我背着你过去!"踩着列石过河,我走了十年,还有什么可怕的呀!虽说我个子矮了一些,但还算壮实,我背着她,仿佛背着我的整个世界,一步一步地走过列石,健步穿过独木桥,安全到达彼岸! 这情境,直到现在还在梦里多次出现。

太阳偏西的时候,就到了我家,不知谁在大门外面喊:"赵家的那大老满子,从外面领来了一个洋媳妇,咱们去瞧瞧呀!"一会儿,院子里簇拥了好多人,有儿时的朋友,而更多的是一群孩子。我把香烟递给大伙儿,小孩子每人分发两颗糖！

我家为我们修了一座土房子，我寄去的钱不够用，门扇和窗扇都没有做上，祖母用白纸糊上窗户，用高粱秆编了个双扇门，用绳子系在门框上，还能自由开合。土炕上，只有半片草席，我把单位上发的一页劳保毛毡，铺在草席上，还有一床我拿去的被子，就算是我俩的新房了！

我忐忑不安，妻子却笑吟吟地说："你说家里穷，我还以为你在说谦虚话，现在一见，果然不假！"我瞥了妻子一眼，分明看见她眼里含着泪花！这时，母亲的晚饭做好了，炒了一盘豆腐，烙的白面饼子，还有鸡蛋汤。晚饭吃过后，又来了一拨人。抽烟、喝茶、吃糖果、寒暄，热闹了好一阵子。客人散去后，我们就休息了。那一夜，妻子和我没有说一句话。我后来得知，那烙饼子的白面，是从邻居家借来的。

（二）

最有趣的是一九七五年春节去新疆探亲了。我给妻子扯了两块做棉罩衣的花布，背了 20 斤大米，拿了两斤木耳，就急匆匆地上路了。从陇南出发到兰州两天，从兰州到乌市两天两夜，火车在千里河西走廊上，叮咣叮咣地响着，令人心烦意乱。从乌市到奎屯一天，从奎屯到车排子 126 团半天，从团部到连队半天。在火车上，和一位比我年长的老哥哥聊天，聊一聊，聊到一起了，也许是同病相怜吧！那位老哥哥说，他在四川上班，要去夏野地看望妻儿。正好他的大姐在 126 团团部，他给我写了一张条子，让我到了团部就去找他姐姐。那位大姐，四十开外，笑容可掬。我在她家里用了餐，她给我找了一辆来团部给连队食堂拉面粉的马车，我又坐了两个半小时，就到了妻子的连队。

妻子和父母都住在地窝子里。地窝子，就是在地下挖一道深渠，厨房、客厅连在一起，再往里走，就是妻儿的房间，窄窄的，如同冀中平原上当年抗击日寇的地道战的地道。上面用木头、树枝、麦草盖上，再压上厚厚的一层土，这土大约有两米厚。屋内烧着火墙，外面滴水成冰，水蒸气不断上升，以致于屋内如同下秋雨一般，滴答滴答响个不停，只好拉上一块塑料布来遮挡，次日清晨，就从塑料布上接下来一盆子水。床是用柳条编的，没有床板。屋里光线极差，分不出白天与黑夜，只好用马灯（煤油罩子灯）来照明。

我休息了两天，就同妻子一道去大漠边缘（即准噶尔盆地）捡拾梭梭

文学作品篇

柴，即红柳根。每天早饭后去，每人捡拾上一背篼，下午两三点就能回来。要么去渠道打砸冰块，把冰块背回来垒在柴棚子里，小山似的，晶莹剔透，如同白玉一般。我们就把冰块融化成水，洗衣、做饭。

建设兵团的职工，工资相差无几，口粮一样多。一到冬天，衡量贫富的标准，就是看谁家的柴火多，谁家打的冰块多，柴火和冰块多的人家自然就是财主了。

一转眼，20天的假期到了，妻子把我送到团部，等到汽车开动，她就骑着自行车回连队了。我只给她留下了30元钱，由于要给老大喂奶，妻子瘦得像一根拨灯棍，我的鼻子酸酸的，想流泪，又怕被车上的人笑话！

一九七八年，落实政策，解决"牛郎织女"问题，才把妻子调到陇上江南——两水古镇。

（三）

妻子喜欢养花，我乐意种树。

妻子养的花，一年四季，争奇斗艳。春天有兰草、对红、月季；夏天有夜来香、茉莉；秋天有五颜六色的菊花；冬天有香气袭人的蜡梅。当红日西沉，月亮爬上山岗，那溶溶的月色，疏淡的梅影，缕缕的清香，确实令人陶醉！

我家的院子，不十分大，却还算宽敞。我修了一个小花园，栽了一架葡萄，种了一棵枇杷树。那枇杷个儿不算大，却十分甘甜，每年端午节就成熟了，黄澄澄的，挂在高高的树枝上，令人垂涎欲滴。妻子让我摘下来，东家一小篮子，西家一小篮子，挨门逐户地送。那葡萄，成熟得较晚一些，每到中秋节就熟透了！一串串马奶子葡萄整齐均匀地排列在葡萄架上。妻子还是让我把葡萄剪下来，东家两串，西家两串，让大家尝个鲜。我家的果子，一不施化肥，二不打农药，用淘米水灌溉，用手捉虫，是名副其实的绿色食品。

星期天，坐在葡萄架下的小石桌旁，一边品茶，一边爬格子，正当灵感袭来时，妻子烙的饼子端上来了，那饼子里夹着五花肉，还涂了一层辣子油，吃上一口，顿时觉得心旷神怡，再听听在枇杷树上嬉戏的纺线娘欢快的啼叫声，多么惬意啊！

（四）

一天下午，我没有课，沏了一杯茶，放在茶几上喝着。妻子坐在沙发上织毛衣，忽然大门响了，妻子问我："你猜是老大来了，还是老二来了？"我说："不知道，我出去看看！"她说："不用出去看了，老大来了，傻瓜！"话音刚落，老大就进门了，喊了一声"妈妈"，就去卧室写作业。我问妻子："你怎么知道是老大来了？"她说："凭感觉呀！"又过了几天，因为下午没有课，我就懒得去办公室，妻子同样在织毛衣。到了放学的时候，大门响了，妻子又问我："你猜是老大来了，还是老二来了？"我说："可能是老大！"妻子说："咱们打个赌，十块钱，你敢不敢呀？"我说："怎么不敢，十块就十块！"我说是老大，她说是老二，我俩正争执着，老二进门了，同样叫了声"妈妈"，就去卧室写作业。我说："你说得对极了，你是怎么感觉出来的？怪不得有一首歌，叫'跟着感觉走'。"她把手里织的毛衣放下，深情地说："不是凭感觉，而是凭听觉。老大走路重心落在脚尖上，老二走路重心在脚后跟上，也就是说，老大走路脚尖用劲，老二走路脚后跟上用力，因此，只要听到步履声，就能分辨出是谁来了。"

我顿然醒悟：这是母爱的结晶啊，妻子留给我的这一瓣心香，永远在记忆深处荡漾！

（五）

最令人愉悦的莫过于过大年了。

一进腊月，妻子晚上就忙着给老大、老二做过节穿的新衣裳。还要把葵花子放上精盐与大香煮熟，装在袋子里，放在烧开水的锅炉房烤干后拿回来，招待客人，自己也吃。至于灌香肠，要灌两种：一种甜味的，一种麻辣味的。要购得上等瘦猪肉六七十斤。香肠灌好后，挂在院子里阴凉的地方，晾上一两天，就又转移到厨房里挂起来，以防野猫子偷吃。最后是炸麻花，麻花也分甜味的和咸味的。在和好的面里放上鸡蛋，炸出来又脆又香，可口极啦！我只能做她的助手，比如切肉呀，生火呀，放置呀。打扫卫生是我的任务，包括打烟筒，扫屋子，洗被套、床单、门帘、窗帘等。老大和老二擦玻璃。我还有一项任务是购买鞭炮，有一千响的，两千响的，还有直冲云霄的开门红、天女散花、上天猴什么的。

除夕那天，贴对联，贴窗花，床头上贴"福"字。妻子准备了十三样菜：油炸虾片、油炒花生米、菠菜拌粉丝、凉拌豆芽菜、凉拌五香牛肉、凉拌猪耳朵、凉粉、香肠、木耳炒里脊、清炖鸡块、糖醋鲤鱼、酸辣肚丝汤和大枣银耳汤。吃饭前，要放一串两千响的鞭炮。我把鞭炮提前挂在院子里晾晒衣服的铁丝上，我家的鞭炮一响，左邻右舍的鞭炮随之响了起来，整个院子里烟斜雾横，久久不肯散去！

吃毕丰盛的年夜饭，中央电视台的春节联欢晚会就开始了。我们一直看到晚会结束，妻子只看了几个节目，忙忙碌碌一整天，就上床休息了。零点时刻，两水地区迎新春的鞭炮声此起彼伏，震耳欲聋，热闹非凡。朵朵礼花，在夜空中绽放，五彩缤纷，令人眼花缭乱。我叫她看，她就坐了起来，隔着窗户看天女散花。这一夜，妻子睡得十分香甜。

大年初一，当我和孩子还在梦乡时，妻子把饺子端上了餐桌，吃过饭，她就给同事拜年去了！

"离愁渐远渐无穷，迢迢不断如春水"。

思华年之往事，怅惘而难言。至苦之情，郁结于怀，发诸笔端。人，死了以后，有没有灵魂？或许有吧！果真有灵魂，两鬓成霜、老态龙钟、步履蹒跚的我，往生以后要去看可怜的妻子，她，有可能已经认不出我来了！？

（2015 年陇南《万象洞》杂志第二期）

过年

"妈妈,怎么还不过年?"

过年,是每个孩子心里最大的愿望。因为那时候可以放鞭炮,可以穿新衣裳,可以吃年夜饭。孩子们不管是什么饭,只要菜多,人多就高兴。把嘴里塞得满满的,吃得满嘴流油,再喝上几杯红酒,就感到非常舒心!以前吃姥姥做的香肠,咬上一口,细细品味,伴着姥姥的笑声在嘴里流淌,望着姥姥慈祥的面容,咽下,我傻傻地一笑,这时姥姥笑得更加灿烂了,那笑声是那么甘甜,那么温暖!令人遗憾的是,姥姥在我十一岁那年不幸去世了,这一切已经成为美好的回忆了。

吃完年夜饭,就该去看春晚了。一秒一秒地等,一直要等两个多小时,心里很着急,不停地去看墙上挂的钟表,而妈妈却忙着准备瓜子、水果、饮料什么的。每当这时,爷爷便开始发压岁钱了,仿佛那红包里装的不是钱,而是爷爷疼爱我和妹妹的一颗心!

久等的春晚终于开始了,现在,我们过年只有六个人:爷爷、爸爸、妈妈、小姨、妹妹和我。看着电视节目,嗑着瓜子。那嗑瓜子的声音,真像一支动听的交响曲,歌咏着新春的欢乐!看春晚一直要到零点时刻,此时,迎新春的鞭炮声此伏彼起,震耳欲聋。朵朵礼花,在夜空中绽放,令人目不暇接!尽管除夕之夜热闹非凡,但是由于姥姥的离去,全家人内心深处格外凄楚!

人们常说,日有所思,夜有所梦,这话一点儿也不假。那一夜,我做了一个甜蜜的梦,梦见全家人都围着姥姥坐着,和姥姥在一起迎接新的一年的到来!

(兰州交通大学附属小学　六年级一班　丁锐科)

小 说

平 衡

　　她,满头银发,老态龙钟,拄着拐棍在村头的碾盘跟前呆呆地站着,抬起不时摇摆着的头,把视线拉得远远的,努力搜寻着……

　　那一年,她们的队伍开到这里,遭到马匪骑兵的袭击。她挂了彩,挣扎着爬进树林,不幸掉到烧炭的坑里。她在炭坑里躺了一天一夜,山民来背炭,她才被搭救上来,养好了伤,没有去追赶队伍。

　　那时,她刚十八,雪山、草地都过来了,应该去寻找队伍,和姐妹们在一起,也许能够成为女部长,女局长,女主任,至少也是女委员,可是她却当了小山民的婆娘,围着碾盘走圆路。

　　她不由自主地围绕着碾盘转了一圈儿,抬起不时摇摆着的头,呆呆地望着天空,把视线拉得远远的……共和国诞生了! 她的连长,不,就是她的心上人,沿着当年走过的路,一步一步走回来。当他见到她的时候,不自觉地抓住她的肩头,大声嚷了起来:"啊! 这是第三回找你了!"可是她,已经做了妈妈了! 他无可奈何地迈着沉重的脚步,沿着那条路回去了。

　　那时,她应该跟他去,堂堂正正地做高干夫人,因为他并不嫌弃她! 可是她却离不开她的孩子。

　　她拄着拐棍往回走,走了几步又转回来,不由自主地围绕碾盘转一圈,抬起不时摇摆着的头,呆呆地望着天空,把视线拉得远远的……烧炭的男人,过早地离开了她! 她儿子修备战公路那阵子,炸石山,负重伤,没能被救活。儿媳妇年纪轻轻的,她好说歹说才嫁了人! 现在呢,她孤零零的,虚飘飘的。十年前的今天,政府得知她爬过雪山,走过草地,每月发给她二十元钱……想到这里,她的心隐隐作痛,想流泪,但干瘪的眼眶里一点泪水也没有淌出来。

　　她终于离开了村头的碾盘,拄着拐棍,步履蹒跚地走到她的屋里。从破旧的箱子里小心翼翼地取出红布包,这包里裹着政府给她的钱,总共两千多! 她想交给政府,以此求得心理上的平衡,她没有追赶队伍,她只能痛恨她自己。

　　她把红布包揣在怀里,拄着拐棍,幽灵似的走到村头的碾盘跟前,不由自主地围绕着碾盘转了一大圈儿,就坐下来,抬起不时摇摆着的头,把视线拉得远远的……她不明白,她过去的事,是谁给政府说的。

　　她,在等,等政府的那个给她发了钱的人。

1989 年 12 月荣获《未来作家》
为庆祝新中国成立四十周年举办的全国小小说征文大赛二等奖。

文学作品篇

心谷响起的回音

毕竟是"清明"：天儿蓝，山儿绿，水儿清。铁蛋一步一步走到藏在深山坳里的一座坟前。他放下拐棍，对着山谷喊：

"叶老师，我来了——"

他掏出一张彩照，这是他在省城照的，胸前的军功章熠熠闪光，圆圆的脸儿嫩嫩的。

嚓！他划了一根火柴，灭了！嚓！又划了一根，又灭了！他的手颤抖着，一连划了十几根，终于点燃了纸钱和彩照。在忽明忽暗的火光中，那揪心的一幕又飘浮上来：

天上乌云翻滚，顷刻间电闪雷鸣，劈劈啪啪的大雨点落在屋顶上，仿佛那瓦被砸碎了。蒙蒙的雨雾笼罩着，看不见哪里是天，哪里是地。小山村的孩子挤在娘娘庙里。突然那屋架嘎嘎地响，屋顶现出一条大裂缝，中间那根被虫蛀了的柱子倾斜了！"要塌了！"叶钦青用整个身子支撑着柱子，他大声吼："快跑！"在一片哭泣声中，孩子们飘浮在水中，像一群丑小鸭！铁蛋来扶柱子，叶钦青狠劲蹬了他一脚，铁蛋从庙门里滚了出来。随着一声炸雷，娘娘庙"轰"的一声倒塌了……

纸钱、彩照化为灰烬，眼前的坟头上长着青青的野草，身后躺着一副属于他的拐棍。一切都消失了，只有一股风儿围着坟头打旋旋。

叶钦青被压死了。有的说，他不该砍娘娘庙里的那一棵老槐树，不该用老槐树做课桌！有的说，神树砍得吗？文化大革命的那阵子，都没人敢砍！

铁蛋吃力地捡起拐棍，对着潺潺的小溪，长叹一声，艰难地往回走。忽然，人声鼎沸，一群"丑小鸭"抬着青石壁走来了！石壁上刻着一座在风雨中飘摇的破庙，讲台上站着一个人，手里拿着书本，那就是叶钦青；讲台下坐着"丑小鸭"！

铁蛋加入"丑小鸭"的行列中。他们围着坟头欢快地跳，他们对着山

028

谷高声地唱：

"我们对着蓝天说，

叶老师不能忘记；

我们对着高山说，

叶老师不能忘记，

我们对着山溪说，

叶老师不能忘记……"

山谷发出共鸣，久久地重复着……

"丑小鸭"们抬着铁蛋，离开坟地，向学校——那一排青砖红瓦房走去。

1990 年 12 月荣获《未来作家》第二届全国有奖征文大赛二等奖。

田来仓外传

月藏山也有能人，田来仓便是。

来仓中学毕业回乡后，生产队长让他当羊倌。有一回，他和几个知青男女去山里放羊，太阳落山的时候，他们准备赶羊入圈，突然草丛中蹿出一只狼，面对羊群，用爪子不停地扬土，号叫着，张开血淋淋的大口，露出白森森的尖牙，一连咬倒三只大绵羊。几个知青男女吓得缩成一团，来仓不顾一切地冲向恶狼，双手死死卡住狼脖子，和狼撕滚在一起，经过殊死搏斗，狼被掐死了！来仓却满面血污，狼的利爪撕碎了他的衣裤，脸上被狼抓挖了道道深壕。正是如此惊人的壮举，他被公社书记推荐上了省农学院。

公元 1976 年，来仓从省城回来，均无大情节。六年后，当他毅然决然退职回乡时，妻子桂兰不理解，她那会笑的眼睛慢慢地阴森了……

来到月藏山，山民们议论纷纷。有的说，来仓犯法被开除了！有的说，他不想干公事了……来仓左耳朵进右耳朵出。分田地的那阵子，来仓爹——田六十三抓阄儿抓到一块条田的中间，东头是王家，西头是李家。六十三在东西界线上栽上石头当界碑。可是，界碑生了腿，尽往一起走，原来的两亩地，来仓一丈量，仅存九分九。来仓从地里回来，看见爹爹坐在窑洞门口，怀里抱着瓦罐罐，放声痛哭。啊，原来田六十三把儿子寄给他的钱，舍不得花，攒了五百元，用手帕包住，用绳子捆紧，装在瓦罐里，上面盖上砖头，埋在窑洞地下。现在儿子回来了，他想把这钱给儿子。可是，当他把瓦罐掏出来取钱时，钱被老鼠咬成碎末，瓦罐成了"新房"，老鼠在那里生儿育女……

来仓就在这不足一亩地里种红芪，第二年收入八千整。他又承包了十亩荒坡，全种红芪，这一回，净收入八万八。他盖新房，抱彩电，骑着"电驴子"，脖子上还挂着照相机，山民们对他刮目相看。

来仓家门庭若市，山民们来取经。来仓到底是进过省城读过书的人，他给乡亲们传经送宝，毫不保守。六十三立过界碑的那块田，界碑神奇地回到了原来的位置，九分九成了两亩。来仓修村学，共花两万五，还学大领导的模样亲笔题写了校名。白天，山民们的子孙在学校读书；夜晚，学校成了传经送宝的地方。

　　去年腊月十五，来仓骑着"电驴子"进城办年货，转弯处被一个女人拉住，定睛一看，原来是和他分手五年的桂兰。桂兰脸上泛起红晕，眼里滚出了泪珠，颤声说："咱俩……合……"来仓二话没说，将桂兰抱上了"电驴子"。

（《陇南报》，1988 年 6 月 29 日）

生活的考场

　　一清早，韩尔刚骑上自行车奔赴省自学考试的考场。这次考试对他来说是"决定性"的，因为这门功课第一次举行考试时，刚巧他出差在外，没有赶上。

　　街上，笼罩着一层淡淡的薄雾。刚拐上一条林荫道，他突然发现前面一辆自行车从一个过横道的老大娘身边擦过，老大娘被车后架带了个趔趄，摔在路上，可骑车的那个人早跑远了。他把车子刹住，往路边一放，跑过来搀扶大娘，只见大娘牙关紧咬，已昏迷过去，头上还流着血。他想找个帮手把大娘抬到人行道上，可一抬头，却发现四周已经围上了很多人。人们七嘴八舌地议论着："看，撞了人啦！""现在的年轻人，真是！"

　　他想向围观的人们解释，但能说清楚吗？即便说了，人们能相信吗？该怎么办呢？唉！真倒霉！他的脑子里嗡嗡一片，仿佛看见一个肥胖的人挺着肚子，前襟衣服短，后襟衣服长，慢悠悠地走来了，那不正是厂里的书记吗？"尔刚，你老是错，现在文凭已经过时了，还是好好干工作吧！将来改革，干什么活，拿什么钱！"恍惚间这个人不见了，站在他面前的是一位瘦骨嶙峋的老人，眼睛里喷射出火一样的光芒，严厉地训斥道："人到中年，还考什么试，咱家的坟里不会出大学生！"转眼间又不见了。站在他面前的是他的小兰兰，哭喊着叫爸爸，紧接着穿着高跟鞋的妻子指着他的鼻子谩骂……这时，韩尔刚气也上不来了，似乎才从梦中醒了过来。原来是一个警察，伸出一只钳子似的大手扭着他的脖子。韩尔刚只好和警察把老大娘送进医院。

　　大娘脱险了，可是考试快要结束了。此刻，韩尔刚感到脖子有点疼，警察询问他，他没有说话，只是苦笑！随即从衣兜里掏出他的准考证。警察看后说："你赶快去参加考试吧！"韩尔刚有气无力地回答道："已经……来不及啦！""我陪你去！"这位警察硬拉韩尔刚匆匆地向考场走去。

　　喧腾的街道上，那人流，那车群，在韩尔刚眼里仿佛变成了无垠的荒漠上的热浪，这热浪，一波一波地向他袭来……

（《陇南报》，1987 年 9 月 18 日）

心谷响起的回音

曙色耿耿

除夕晚上,他画画。他画的全是人物,有的挥动着手臂,有的赤裸着脊背,有的翘首盼归,有的低头沉思……

他把这些画挂在客厅的墙壁上,默默地站在跟前,仔细地端详着。他的心里有一种莫可名状的躁动,如同脉管里的血浆往外奔涌一样难忍,全身抽缩了一下,心头袭来阵阵酸楚。

现在,没人找他批条子,没人向他请示工作,更没人给他汇报思想!他看了看墙上挂着的画,慢慢地踱到阳台上,望望满天星斗,然后回到自己的床上,躺下,经历着从未有过的无聊!

他一点睡意都没有,一骨碌爬起来继续画画,一个人一个人地画,一张一张地挂,客厅的墙壁上都挂满了。人们常说,老人生活在回忆里,可是他,不是在回忆昔日的欢乐,而是在捡拾散落了的历史。他年轻时的战友全在他周围,全在他那宽敞明亮的客厅墙壁上。黑山阻击战的残酷,黄龙口最悲壮的突围,攻占九三一高地的一次次冲锋……此刻,在他的意念里,总觉得和离他而去的那些勇士们隔了一层厚障壁。他看了看墙壁上挂着的画,慢慢地踱到阳台上,望望深邃夜空里闪烁的繁星,又回到自己的床上,躺下。

去年十二月他"退位"了。过年那天,给他拜年的只有烧开水的李师傅。走在街道上,连陪他跳舞跳得缠缠绵绵的那个"探戈皇后"也不理睬他了! 无聊啊无聊,未曾经验过的无聊,在他的生命里延伸着……

在床上,越躺越清醒,于是乎,他小心翼翼地打开药箱,取出小瓶,拧开瓶盖,倒出药片,送进嘴里,喝一小口水,把头一仰,下肚了! 往常,一旦失眠,吃上药,一会儿就会进入甜蜜的梦乡。可是今晚,妻,随着舞伴出门了;药,无济于事了,只有急促的呼吸伴着怦怦的心跳!

他坐起来,走到客厅里,着魔似的看他画的那些画。不,他在看他的同志,他的战友,他在熟悉那一张张陌生了的面孔! 他慢慢地踱到阳台上,疲乏的身子靠着冰冷的栏杆,静听着远远近近欢快的节日爆竹,那满天的星辰极遥远极遥远的灿烂,可是此刻,未曾经验过的无聊夹杂着难言的惆怅像烟雾一样缭绕在他的心头,久久不肯散去,他禁不住落下了两颗凄楚的清泪!

　　他想看一看那本相册,放到哪儿去了呢?一时想不起来。他来到了妻的房间,打开了一个大柜子,他惊呆了!柜子里全是"云烟贵酒",呸!他啐了一口,"挨刀子的,是你……"他把"贵酒"像当年扔手榴弹一样投了出去,又把"云烟"抱到客厅,垒成小山似的,他划了一根火柴点燃了! 在跳动的火光中,他的影子映在挂满画的墙壁上。

　　窗外,曙色耿耿,黎明将它特有的光束送入屋中。

(《陇南报》,1991 年 3 月 2 日)

心谷响起的回音

葫芦坝新闻

葫芦坝上有座葫芦庙,葫芦庙坐落在葫芦坝正东隆起的小丘上。一进庙门,便是一个轩峻的亭子。亭子周围,松柏森森。游人为了躲避毒花花的日头,有的坐在亭子里摇扇子,有的藏在树林里吃雪糕。沿着小巧别致的游廊往里走,便是"蓬莱阁"。这是一座高三丈许的三层楼,栏杆是大理石做的,石柱也是大理石做的,雕梁画栋,轩昂壮丽。站在蓬莱阁上鸟瞰,葫芦街上车水马龙,热闹繁忙。沿着大青石阶再往上走,是诸位天神的庙宇,玉皇大帝的宫殿建在最高处。

白头发爷爷坐在葫芦庙门口说新闻道旧闻,说的新闻少,道的旧闻多。白头发爷爷看上去是老年人,但骨子里仍然跃动着青春的活力。他手里掌着长长的旱烟管,吧嗒吧嗒地吸着老旱烟,对大伙微微一笑,慈祥的面孔泛起和善的光芒,将一将花白胡子就说开了:

"那年,鬼子打进咱葫芦坝,九个活蹦乱跳的尕娃,还有我那尕儿子,被鬼子用刺刀从屁股里捅进去,挑起来,举在半空中……"说着,白头发爷爷的泪水滴在胡子上,他用力吸了一口烟,望了望大伙儿,接着说,"后来,鬼子来扫荡,我躲在大槐树背后,领头的鬼子刚拐过弯,我一个箭步蹿上东洋马背,铮亮亮的钢刀一闪,剁了鬼子的头! 一个鹞子翻身就跳到墙那边!"白头发爷爷脸上掠过一丝微笑,掌着那长长的旱烟管,吧嗒吧嗒地吸着老旱烟。

白头发爷爷的讲述吸引了不少人。

蓬莱阁下,一个清脆的声音飘过来:

"同志,请留个纪念吧!"

一个粗壮的声音抛过去:

"您看看,小姐,那斗大的'蓬莱阁'三个字,是诗仙的亲笔,你来诗仙故里,不留个纪念。太'那个'了!"

忽然,人声嘈杂,一个声音高叫着:

"先生,小姐,太太,请到庙门口集中啦! 请到庙门口集中啦!"

坐在庙门口的白头发爷爷听到这变了腔的叫喊声，预感到了什么，他下意识地赶紧从外面拽住庙门，用长长的老旱烟管别好门扣，便坐在门槛上。

一会儿，庙门口人挤人，人挨人。每个人的周围仿佛烧着很旺的火炉，游客的衣衫被汗水浸透了。

守庙的尖下巴大叔瞪圆了眼："这葫芦庙是二十八乡的农民集资修建的，花了几百万，神像都塑上了。刚才，我巡视时发现玉皇大帝的胡子不见了！""先生，小姐，太太们！静一静，静一静！玉帝的胡子是剪九十九个童女的头发做成的，足足一公斤，一公斤等于二市斤，等于一千克，拿到香港特区，要卖几千美国元！拔了的，请交出来！咱给玉帝祈祷，他老人家决不降罪！"唾沫星儿四溅着。游客静悄悄的，尖下巴大叔环顾人群，见没有人自首，便清了清嗓子大声喊："开始搜查！"于是乎，便人人过关。尖下巴大叔把游客折腾了大半天，玉皇大帝的胡子竟无影无踪！

尖下巴大叔摆了摆脑袋，满嗓门地吼："玉帝显灵，拔了胡子的贼，要绝子绝孙！"唾沫星儿四溅着。

这一切，白头发爷爷在庙门口听得清清楚楚，他顿了顿足，仰天长叹一声，连声说："造孽！造孽！造孽哎！"

第二天，白头发爷爷仍旧坐在葫芦庙门口吧嗒吧嗒地吸着老旱烟，尖下巴大叔蹲在白头发爷爷身边。白头发爷爷问尖下巴大叔："尖娃子，买了多少斤？"

"两千斤！爷爷，您呢？"

"三千斤上等麦子！在天安门边边干事的国英刚刚捎来钱！"

白头发爷爷掌着那长长的老旱烟管，吧嗒吧嗒地吸着老旱烟，他往地上吐了一口唾沫，接着说："尖娃子，你记得吗？你八岁那阵子，庙拆了，神像解放了，上天降罪了！咱这粮食堆成山的葫芦坝哟，整整大旱三年，河干了，堰枯了，你娘，就是那阵子饿死的……"正说着，李老二开着小四轮过来了。白头发爷爷忙问："老二，二娃子，多少斤，要不是我信息灵，你能买这一车吗？"

李老二走后，白头发爷爷贴着尖下巴大叔的耳朵说："尖娃，听说大官要陪洋人来拜神，明天要到了，玉帝没有胡子，镇长说要查办的！"

"！？"尖下巴大叔鼓圆了眼，口水流了出来，淌在衬衫的前襟上。

葫芦街乱腾腾的。葫芦庙的大门紧锁着，白头发爷爷坐在庙门口，手里掌着长长的旱烟管，吧嗒吧嗒地吸着老旱烟。

（《陇南报》，1992 年 3 月 7 日）

M局长的罗曼史

一

M局长的故事,在这个离北京遥远的陇南山区的B县,传闻确乎不少。但是,知道底细的人并不算多。他的少年时代,好像和"包氏父子"一样,好像又不一样。他原先的名字叫狗娃,不为众人所知。现在的鼎鼎大名,是他血气方刚的时候自己悟出来的。农校毕了业,其他的学生到了大有作为的"广阔天地",而他呢,却迈进了一个不大不小的工厂。他常常回味着做学校革委会副主任时的一些趣事,站在成千人面前讲话,喊人的时候,九成鼻音。低年级的学生,对他望而生畏;"专政对象",见他胆战心惊。要是能瞧瞧当年的相片:高高的个儿,一身黄军装,黄帽子,胸前佩戴着"春风已到玉门关"的像章,腰间系着武装带,还别了一把"五四"式手枪。如果再过若干年,人们一定会把他看作一位身经百战的"老将军"呢!

二

B县的百货大楼,只要一逢场,便异常热闹。这里,到处都是人,来自各村各寨。人们穿着各式各样的衣服,操着大体相同的口音,怀着各不相同的目的,在柜台前挪动、寻找,挑选着各种物品。突然,一个女人凄惨地叫起来:"哎哟,哎哟……"狗娃顺着那叫声挤过去,那不就是厂长吗?她,怎么啦!"哎哟哟……这小扒手,谋财害命,粉碎'四人帮'三年多了,还为非作歹!"她一只手死拽着扒手,另一只圆乎乎的手背上有一条用刀片割的长长的伤痕,鲜血一滴一滴地往下淌。狗娃就像当年抓"当权派"那样,把扒手从衣领上提起来,雨点般的拳头落在扒手的背上、身上。开始,扒手还骂骂咧咧,到后来连骂声也听不见了。到了派出所,扒手完全软瘫了,不知是被吓的,还是被打的。狗娃指着那个身材瘦小的扒手说道:"恣意妄为,以身试法,不但偷了钱包,而且伤了人!"蔡厂长伸出了那只受伤的手,让所长看:"今天,要不是小马,我的这口气真没法子出哩!"蔡厂长说罢,狗娃便搀扶着她向医院走去。

蔡厂长名叫蔡玉梅,五十刚出头,四方脸,齐耳的短发抿得光光的。

由于这几年消化了大量高蛋白食品,本来匀称窈窕的身材,被逐渐累积起来的皮下脂肪拉直了,正在向水桶型演变。"人未到,笑先闻。"只要她一走过,空气中便弥漫着一股芳香。她有光荣的历程,在解放战争的隆隆炮声中,她背药箱,给伤员包扎,抬担架。后来,认识了团长,便和团长结了婚,生了一个男娃娃,就再也没有生育过。"文革"中,她曾经手持明晃晃的菜刀,倚在门口:"谁要再来抓老刘,老娘就跟他拼了!"她的这一举动竟然吓跑了"红卫兵"。可是后来呢,她还是拉着挂黑牌的丈夫,敲着铜锣在大街上被游斗……现在,丈夫官复原职,儿子又在部队,她觉得寂寞袭进了她的身躯,生活是那么单调,上班、下班、吃饭、睡觉,无限循环着。

狗娃见义勇为之后,便成了蔡厂长的座上宾。

蔡厂长把带金纸的"中华牌"香烟递给狗娃,自己也叼了一支。狗娃拿起火柴,"嚓"的一声,火着了,他恭恭敬敬地先给厂长点着,然后再点自己的。

"小马,你年龄不算小了,应该考虑考虑自己的婚事!"玉梅厂长吸了一口烟说道。

"结婚晚一点儿好!您看一看,古今中外,凡是有成就的大人物,他们不都结婚很晚吗?有的甚至一直孑然一身!"狗娃把香烟夹在食指和中指之间,煞有介事地说。

"晚婚也得有个限度嘛!小马哟,该把这事儿提到议事日程上来了!再说,家庭是社会的细胞,没有一个个家庭,便没有社会,社会就是由众多的家庭组成的,就好像一片森林,是由一棵棵树木组成的一样!"

狗娃再没有说什么。一股股细细的青烟,便在狗娃和蔡厂长的头顶上缭绕着。狗娃还吐了个烟圈儿,那烟圈儿由小变大,最后也变成了烟雾,弥漫在整个房间里。

提到狗娃的婚姻大事,故事还要复杂一些。狗娃七岁那年,他娘不幸饿死了,他就和老爹相依为命。狗娃在城里上中学,他是吃不起大灶饭的,他爹每隔十天就进一次城,给他送食物。鸡叫头遍,狗娃爹就起身,背篼里装上洋芋,洋芋上面放着十来斤玉米面,背篼上面横放着劈柴。他手里提着个篮子,篮子周围是一些短麦草,中间盛着鸡蛋。狗娃爹沿着蜿蜒陡峭的山路,当太阳从山巅升起的时候,就到城里了,接着便和城里人讨价钱:

"老汉,你的鸡蛋一块钱几个?"一个中年妇女问道。

"十个。"狗娃爹笑眯眯地说。

"这鸡蛋,那么小,十二个行吗?"

"一只鸡儿有多大哩,就下这么大的,把鸡儿的脸都挣得通红!十个吧,他大娘,我的娃子在中学念书,眼下天又变了,这鸡蛋是给娃子扯棉衣的……"狗娃爹对着那位中年妇女笑着说了这么一串话。

"好吧!老汉,总共几个?"

"他大娘,你点一点数。四十五个!"

中年妇女把钱递过来,狗娃爹一点:"他大娘,差两毛!"

"老汉,他老爹,俺依了好心,当下你也等着给娃子扯衣裳,这蛋又是自家的鸡儿下的,那么小,俺要向你讨,你还不给俺两个!"说着把一张面值十元的票子从钱包里抽了出来:"要不,你给俺找!"

狗娃爹哪里能找得开,只得向赶场的人兑换,而那些赶场的都以"没有零钱"回答他。狗娃爹又把那张票子送到中年妇女手里,长出了一口气,只好拿了那四元三角钱。他把这些钱,包在一方白粗布手巾里,用绳子捆了三道,装在衣兜里,又用手把衣兜儿捂住,他生怕这钱长上翅膀从他衣兜里飞出去呢!于是,便进商店扯青布,打煤油,称盐巴。还剩下五毛,又用那块白粗布手巾包住,捆上三道,装在兜里,用手捂住。这便是给狗娃的零花钱。

狗娃爹给狗娃订的是"娃娃亲",彩礼呢,数目不大也不小,整整六百块。这些钱都是他养鸡,上山挖药材得来的。1966 年腊月,准备把媳妇娶过来,一来自己风烛残年了,二来狗娃的年龄也到了。他选定了娶亲的日子,准备办喜事。但是,他的娃子到北京大串联去了,说是赶结婚能来,但到了那一日,娃子偏偏没能回来,选定的良辰吉日可不能更改,他就按照山里人特有的风俗,在入洞房的那天晚上,让儿媳杏花和一只大公鸡在一起度新婚之夜!如果不这样做,那么意味着将来她要守空房。

狗娃爹心里乐滋滋的。他想,哪朝哪代的黎民百姓能上北京!现在咱寨子里只有我的狗娃在北京,接受他老人家的检阅!只要串门儿的人一到,狗娃爹一边吧嗒吧嗒地吸着老旱烟,一边津津乐道地谈论着,嘴里不时地喷溅出唾沫星儿。

后来,狗娃进了木器厂,他的爱情迅速地全面地转移了。接着便和杏花生分,离婚……狗娃爹就是因为这件事,气得在后院的一棵老柿树上吊死了。他老泪纵横,临死时还喃喃地重复着:"杏花,她哪儿不好!她……哪儿不好,哪儿不好……"

这些事,蔡玉梅厂长哪里晓得!

三

县委书记刘开雄从省城开会回来了。他坐在沙发上,手里拿着一份《健康报》,"长寿之道"吸引着他。他看完文章,呷了几口酽酽的毛尖茶,站起来习惯性地把腰扭了扭,又举起双手,有节奏地向上举了举。这时老伴玉梅把菜端上来了。一盘是麻婆豆腐,一盘是咖喱溜里脊片。这两样小菜,既容易消化,又符合营养学要求。"老头子,快坐下吃呗!"玉梅面带笑容地说,顺手把筷子递到丈夫手里。

"你这次上省城开会,主要研究什么大事呀!"

"领导班子要知识化,年轻化嘛!我们这些老家伙,确实力不从心啰,应该把年轻一点的推上第一线!"

"是啊!"玉梅说着,斟了两杯"十全大补酒",一杯放在老头子面前,一杯放在自己面前。"哎,老头子,我发现了一个人才,你知道吗?"

"是谁?"

"就是我们木器厂的马卫东,连续三年被评为先进生产者,爱憎分明,又有文化,他可是一棵好苗苗!"

"你们厂的马卫东,嗯,记起来了,有人反映他在'文革'中打过人,还有汽……"刘开雄本来想说"汽车",没等刘书记说完,玉梅连珠炮似的说:"还'还气'什么呀!那个时候,他年纪小,是学生,依我看,他们学生都是受蒙骗的,上边有指示,下边能不执行吗?老刘,看一个同志,应该用发展的眼光看,马卫东是党员,这几年一直表现很好嘛!"

老刘头不做声了。他放下筷子,随即站了起来,在屋子里踱来踱去。

狗娃在"反击右倾翻案风"的那一年入了党,他是木器厂的油漆工。蔡厂长家的那些兴时的家具,件件都经过狗娃的手,他油漆的家具带有美丽的花纹,明光闪闪,就像镜子一样,能照见人影儿。

一次,蔡厂长感冒了,躺在床上,老刘头又不在家,狗娃把饭烧好,端在她的面前,还忙不迭地把一堆衣裳塞进洗衣盆里。"小马,不能,不能,这像话吗? 有我的内衣!"她一边用手帕擦头上的汗珠,一边说。

"能,能,我闲着没事,反正是几件衣服,一会儿就洗好了!"狗娃说这几句话的时候,脸上挂着笑容。

女人喜欢流泪。蔡厂长显然被狗娃的行为感动了："你比我的儿子还亲哟！"她的眼眶里溢出了泪花。

狗娃也动了感情："厂长，您不必难过，只有您，只有党，才是我生活的支柱。我爹死了，娘也走得早，您就是我的——亲娘！"

狗娃说完这些话，显然陷入一种不自然的沉默之中了。蔡厂长心里油然升起一种被信赖的快感，颗颗热泪从四方脸颊两边滚滚落下。

由于蔡玉梅的竭力推荐，狗娃，不，马卫东，当上了工商局副局长。又过了两年，他坐上了第一把交椅。权力，就像脉脉含情的少女，具有磁石般的力量；权力，像一个个绚丽多彩的光环，在他面前编织出了光明诱人的远景。他完全陶醉在权力之中了，自言自语道：所谓强者，就是既有意志，又能等待时机。刚与柔，曲与直，给马卫东打上了特别深刻的烙印。形势对他不利的时候，他把自己尽量地缩小，而且这种缩小的背后，有着非常厉害的关系。

四

北风在宽阔的马路上"呜呜"呼啸，街上行人稀疏，显得格外冷清。和马局长并肩走着的是一个年轻女性。她的"宝兰式"新发型，是专程到 A 市做的。额前是凌乱的自然花瓣，两侧的曲发柔和地衬托着面部，那圆圆的脸蛋显得稍微椭圆了一些。眉宇间点了一点红色的吉祥痣，她的名字叫冯丽娜。一踏进门槛，马局长就把她的脖子勾住了。

这是一所独院，虽不十分宽敞，但还算幽静。一进大门，便是一个小花园，花园里有两棵牡丹。据主人说，一棵开的是红花，一棵开的是白花。花园的东边是厨房，西边是厕所。三间正屋坐南朝北。正屋中间是客厅，东侧是卧室，西侧是书房。八仙桌摆放在客厅的正中，桌子上盖着一块用白线编织的"二凤戏龙"图案，上面放着一盆蜡梅，没有叶子，开着稀疏的花朵。电扇立在窗户旁，上边盖着纱巾。电冰箱是双开门的，洗衣机是双缸的，和电扇并排放在一起。彩电放在高低柜上。三人沙发前放着一个长茶几，茶几上摆一盆水仙花。单人沙发的茶几上放着一盆纹竹。东侧卧室的墙壁上挂着"电影女演员日历"，床是南北向，为的是适应地球磁场，易于入睡。床头柜附近装有一盏小壁灯，大衣柜的左边便是落地灯。床头上方的墙壁上贴着艺术体操女明星的照片。西侧的书房里，书柜上陈列着哲学和政治经济学类的书籍，还有马克思、恩格斯、列宁、斯大林的著作。

写字台放在窗前,台灯灯柱是一个别致的陶瓷舞女,窗帘是淡绿色的,显得十分优雅。

"亲爱的,床底下怎么有一股味儿?"丽娜娇滴滴地说。

"啥味儿?"马局长反问道。

丽娜掀起床围,一包包糕点发霉了。"怪不得有味儿。"她用手捂住了鼻子,跑到书房里翻《健与美》杂志去了。马局长把这些像炸药包一样的东西,装了满满两竹筐,用"武斗"时抱着炸药包炸校车的勇敢、沉着、坚定,毫不犹豫地扔在垃圾箱里去了。

丽娜从书房里走了出来,站在客厅门口。这时马局长走到厨房里,把四只绑着的鸡抓来,放在桦木菜墩旁边,用锋利的菜刀,"喳!喳!喳!喳!"就这么四下,把四只鸡结果了。那无头鸡在院子里蹦来跳去,好像在舞蹈,鸡血点点斑斑,洒在地上,仿佛"红雨"从天而降!吓得丽娜惊叫了一声,双手蒙住了眼睛。想当年,斗争"当权派"的时候,狗娃用一只三条腿的小方凳,硬让老校长站在上面。老校长刚一上去,就跌了下来,扑在水泥地板上,头被摔破了,斑斑点点的鲜血不也是洒了一地么?

忽然一阵脚步声,赴宴的一帮子人进来了。走在前面的是烟酒公司的王经理,跟在后边的有商店的、食品厂的、建筑公司的、木器厂的,还有人事局的……

丽娜成了女招待,带过滤嘴的香烟分别送到他们手中。他们正在"叙旧话新",红光饭店的王厨师把早已准备好的冷盘端了上来:红袍花生,五香牛肉,油爆虾片,棒棒肉丝……

"这是我从家乡带来的特产——'杜康酒',让局长尝个鲜!"食品厂的老孙笑吟吟地说,"'杜康'是周朝人,善造美酒。"

马局长问道:"是不是尼克松访华时问周总理的那个'杜康酒'?"

"是的,是的,正是那个'杜康酒'。马局长,您的知识真渊博。就是因为这酒,陕西和河南还打过官司,一直告到北京!现在,这块宝地属于咱陕西的啰!"老孙头手舞足蹈地比划着,两眼笑得眯成一条线。

马局长会意地点了点头。

"这次来了四瓶茅台,我给您带了两瓶!"王经理说。

"打开吧,今晚咱们就来喝这个!"马局长指着桌子上摆放的茅台酒说。

"先给局长敬酒!"木器厂的小张喊了一声。

"不能总是老一套嘛,今晚咱来他个新花样儿!"建筑公司的小朱慢慢腾腾地说。

"好,好,我提议,每人先斟一杯这个,"人事局的老韩指着茅台,"然后再打通关!"

"给丽娜也斟上!"小张喊着,眼睛盯着冯丽娜。

"她,才不行呢!"马局长急忙说道。

丽娜举着玫瑰酒:"我有这个!"

"对,对,人家姑娘家嘛!"王经理指着小张说,"你这个死鬼胡嚼啥子!等到局长办喜事,再让人家喝,还不迟吗?"

他们都举起了酒杯,好像举行国宴一样,互相碰杯,祝福。一杯杯茅台酒灌进了各自的肚子里。丽娜呢,她喝的是红酒,后味儿还是有点儿发涩!

王厨师的荤菜上来了:四喜丸子,软熘肉片,糖醋里脊,爆炒腰花;糖醋黄鱼,红烧鲤鱼;贵妃鸡,麻辣鸡,油淋鸡,清炖鸡……还有大枣银耳汤和冰糖莲子羹。

"王师傅,快坐,你辛苦了,我代表局长给你敬酒!"小张端着酒说。

"好,好,好!"王厨师端起酒喝了下去。

猜拳行令开始了,首先是马局长和王经理。

"我斟酒,你俩先来!"食品厂的老孙说。

马局长和王经理先把手轻轻一拉,表示一种特有的礼节,然后便听到了喊声:

"哥俩好,哥俩好呀!"

"高升,高升,高高升!"

"王经理输了,请酒!"

"四财,四财,四季财呀!"

"满堂,满堂,满满堂呀!"

"高升,高……"

"局长输了,请酒!"

"老孙叔可是最公道的人!"小朱不慌不忙地说。

接着老韩、小朱、小张、王厨师等都和马局长划拳,每人规定十二拳,多者欢迎。一轮过后,他们便点燃了香烟。品茶的品茶,夹菜的夹菜,寒暄的寒暄。突然,工商局的秘书小李子进来了。也被八仙桌上的那盆蜡梅吸引住了。左看看,右看看:"马局长,这是不是真的?"

"怎么不是真的,四只眼睛还看不清,你们这些知识分子,在现实面前还怀疑! 把眼镜摘下,擦一擦镜片,细细瞅瞅!"腼腆的小李子的脸红了。马局长这一副老练的样子,好像说明他已经在位半个世纪了!

"局长海量,一大圈儿,"小张望着局长,"两瓶光了,脸上的颜色都没有变!"

"哈哈,"马局长努力装出一副谦虚的样子,"哪里,哪里!"

王厨师又端上来了四盘菜:雪山驼峰,银雀黑发,红烧蹄筋和钱串紫金。老孙头指着钱串紫金饶有兴趣地说:"天上龙肉,地上驴肉,这可是一盘好东西呀!"

"马局长哪一次哪一盘不是好东西! 都是精挑细选的,看你说的什么话呀!"小朱一边吸烟一边说。

食品厂的老孙头双手托着一条鸡大腿,一边啃,一边赞叹不已! 丽娜喝光银耳汤,端着一杯淡茶喝着。她望着老孙吃鸡腿的动作和摇摇晃晃的肥大脑袋,不禁一笑,把喝进嘴里的一口茶水喷洒出来,浇了老孙一头。茶水和唾液的混合物,从老孙的头顶流到面庞,众人的目光一齐向他投去,接着便是哄堂大笑……

"没关系,不要紧嘛,你的鸿运来啦! 这一浇,说不定你会高升! 从咱马局长夫人的口里出来的,那才是真正的甘露哟!"经小张这么一说,大家便笑得更欢了!

五

晚饭后,马局长泡了一杯银针茶,那半透明的茶叶在杯子里悬空竖立,芽尖在水中三起三落,最后全部垂落杯底。他举起杯子啜了一口,顿时一股清香沁入心脾,连周围的空气都染上了浓郁的茶香。他一边品茶一边想:从特区来的人说,那边的县处级干部都在做生意,要是能弄他几个"草"字头,那……他又啜了一口茶,心中豁然开朗,这里不是"金三角"吗? 这里的沙金不是每克才五十元吗? 那边要一百五十元呢! 想到这里,他就去和王经理商量。

他俩商量了大半夜,怎样收货,怎样带货,怎么出货,怎样和那边的人接头等等全都制订好了。具体承办人,挑来选去,他俩认为,建筑公司的小朱最合适。因为建筑公司无活可干,小朱就被王经理借到烟酒公司当采购。小朱,名叫朱效祖,他的最大特点是唯命是从。当马局长把这件事告诉他时,他手舞足蹈,眉开脸笑!

本钱吗?那还用愁,公家的款子有的是!

第一回出货可顺当了。马卫东分得足足两公斤,他望着这一堆"大团结"仿佛每根神经细胞都在欢快地颤抖,他觉得眼前充满了光明,他抑制不住自己的激情,心花怒放,欣喜若狂。自言自语地说:"这才是生活的真谛!这才是人生的价值!别人有的,我狗娃同样有,别人没有的,我狗娃也要有!幸福不就在我狗娃面前展开了光明的翅翼吗?"刹那间,马卫东想得很多,甚至想到将来。

第二回出货亦十分顺当,马局长又得到那个数。此时,马卫东的每一根血管都在膨胀,一种强烈的金钱欲,使他觉得天地之间,除了"大团结",一切都不复存在了!

一天晚上,马局长从王经理家出来,就转身骑上了"雅玛哈",他一心想着赚大钱,并未想到前面是一个急转弯,只顾飞速向前冲去。此刻,恍惚看见一个人挡住了他的去路,这分明是王思危,这个"走资派"早已死在我的钢鞭之下了!这是怎么了?真见鬼!说时迟,那时快,一辆"东风"大卡车疾速驶来,随着刺耳的刹车声,他觉得自己被猛地一撞,眼前一片漆黑,一刹那,马局长想,一切都完了,连同那权和钱!

过了一会儿,忽然,他听到嘈杂的人声。原来自己并未死去!"雅玛哈"碰在汽车上粉碎了,他被弹在马路边的一个污水坑中,没有受大伤!

六

1986年10月3日,一条特大新闻终于震撼了B城。新闻的中心人物自然是马卫东了。

自从碰了车之后,狗娃似乎又悟出了什么,他决定马上和丽娜完婚。

10月2日早晨,蓝天上挂着几缕轻纱似的白云,阳光依然照耀着B城。娶亲的队伍从大街上走过来。七辆摩托排成人字形在前面开路,紧接着是一辆皇冠,那里面坐着新娘——冯丽娜。两辆桑塔纳,三辆上海大众,四辆大轿车依次跟着行进。摩托车、小轿车、大轿车上,系着用红绸子做的大红花,万人空巷,人们潮水似地涌向街道两旁,像看舞龙灯那样观望着。赞叹声、诅咒声和汽车喇叭的鸣叫声交织在一起。

送礼的人很多,有圆脸的,长脸的,有大眼睛的,有小眼睛的。卖烧鸡的黄老头,卖凉粉面皮的赵大娘,砸洋芋搅团的李大婶,卖豆花的胡姑娘都来了。刘开雄书记到省城看病去了，他的夫人蔡玉梅拿着两条纯羊毛毛毯前来贺喜。王经理是总管，小张是联络员，唯独小朱没能去，他又抓大事去了。

宴席从正午持续到傍晚才结束。马局长和丽娜从红光饭店回到自己的幽雅小院，步入雍容华贵的新房。丽娜笑盈盈地对着镜子摘下了心爱的宝石项链，就宽衣上床了。她那丰腴的身躯，高耸的乳峰，肉囊囊的大腿根根，完全显露在灯光之下。马卫东一边哼着"姑娘好像花一样"的歌，一边脱衣服。突然听到清脆而有节奏的敲门声，这分明是小朱，他来啦，一方面是向我贺喜，一方面给我拿着"那个"，眼看几个"草字头"又要钻进我的腰包里了！马局长披着衣裳，蹬上拖鞋去开门。

开开门，站在他面前的不是小朱，而是四位警察，马局长怔住了。

"朱效祖已从 E 市被抓，请你跟我们走一趟吧！"

马局长听了，犹如晴天响了一声闷雷，耳朵里"嗡"的一声，眼前发黑，好像什么也看不见了，又好像什么也能看得见！他不相信这一切会是真的，他的喉咙发紧，左腮的肌肉"突突突"地抖动，汗水浸透了衣衫，全贴在肉体上，想扭动一下身子，但没有力气了！想睁开眼睛仔细瞧瞧，但又不想睁。最后，他的眼睛终于睁开了：一个尖下巴，凸颧骨，长胡子的人走来了，那不就是老爹吗？一个身材瘦高，嘴唇很厚的人走来了，那不就是我在农校读书时经常关心我的老校长吗？披头散发，遍体鳞伤的王思危书记跟在老校长的后边！紧接着走来了第四个人，她高鼻梁，大眼睛，两条乌黑的辫子一前一后，她不就是柳杏花吗？怎么娘也来了，惨白的脸水肿得又圆又大，那是吃了树皮才这样可怕的呀！猛一看，咋又不像记忆中的娘，好像是蔡厂长，但又不像！啊！浓妆艳抹的丽娜也来了，金耳环，金戒指，还有宝石项链不是正在熠熠闪光吗……朦朦胧胧，若有若无，他——马局长，不，狗娃，再也看不清什么了……

荣获第一届"雪莲杯"小说大赛新人奖。

（1988 年 7 月四川甘孜《雪莲》编辑部）

大红纸上的旅程表

　　这个故事发生在远离京城的三省交界处——汪家湾。

　　汪有德和黄家坝的黄菊花结了婚。生了个儿子叫小宝。小宝头大，耳朵大，鼻梁高，嘴唇厚，人人见了人人夸，都说小宝长得富态，将来一定会成为有出息的好后生。

　　然而，命运之神和他们开了个玩笑。小宝三岁了，不会喊爹娘，只会"啊啊"。驼背大叔说，天上的星宿投凡胎，开言晚，小宝准是星宿，着急不得呀！过了六岁，小宝还是不会喊爹娘，只会"啊啊"。有德蹲在院子里的一棵老柿树下，吧嗒吧嗒地吸着老旱烟，头上直冒汗。菊花瞅着小宝发呆，泪水从眼眶里溢出来，流过面庞，滴到衣襟上。小宝小的时候，有德亲亲抱抱，还不时地摸他的"小鸡子"。可是现在，当小宝笑嘻嘻地跑到他跟前的时候，有德就轻轻地将他推开。有德和菊花在等待、盼望、忧郁中打发着日子。

　　一天午饭后，小宝忽然不见了。菊花的哭声惊动了四邻，乡亲们走村串寨四处打听、寻找，不见小宝的踪影。

　　"听说人贩子专门偷小孩，一个男娃值几千块呢！"

　　"小宝，那人贩子会要吗？"

　　"是不是让狼叼去了？"

　　"森林被砍光了，村村寨寨通了车，山里不见狼，何况川里呢！"

　　乡亲们你一言我一语地猜测着。

　　有德蹲在老柿树下，不停地吧嗒吧嗒地吸着老旱烟，头上直冒汗。小宝娘急得团团转。她的泪水流干了，坐在大门口，一会儿把头抬起来，一会儿把头低下去。

　　小宝失踪的第四天傍晚，菊花坐在门口，忽然打了一个盹，蓦地抬起头，小宝神奇地站在她的面前，身穿红衣裤，小手里捧着红布包。菊花乐极了，搂住小宝一个劲儿地狂亲，从头亲到脚，从脚亲到头。小宝把小红布包双手交给妈妈。菊花打开一看，竟然是五十张"大团结"。小宝笑着

文学作品篇

"啊啊"了几声,就对妈妈用小手不断地比划着,足足十分钟。

从小宝的手势中,菊花明白了一些:原来一个开车的,把小宝放在驾驶室里,拉到一个挺热闹的地方,就领小宝走进一个很大很大的门,来到一座高大的楼房里,一个房间里坐着一位戴白帽、穿白大褂的人,白大褂问了问,看了看,就给开车的递了一个小纸片。开车的把小纸片小心翼翼装进衣兜里,就领着小宝一直走到家,给小宝换上红衣裤,住了两夜,还看了小电影,那是电视,吃了许多许多甜的东西。开车的把小宝送到汪家湾,还给小宝手里塞了一个小红布包,说是交给妈妈。

有德家大门口停着一辆小面包。一个身材瘦高的男子拎着一个小提包,笑眯眯地走出来了。他跨进有德家的门,一坐下来就说开了:"我是 A 县的养蝎专业户,婆娘生了个'千金',没有'顶梁柱',姑娘大了是人家的人,家产没有人继承。上面有新政策,如果生的是残疾人,只要医生开个证明,就能生二胎。咱家孩子,"他指着小宝,"是运输公司王队长给我传达的信息,把娃子借给我,只三天,大哥,大嫂,保证接去送来!"

经瘦高个这么一说,菊花才明白了。随即说道:"孩子……"还没等菊花说下去,有德瞪了女人一眼,"你看,他阿哥,孩子倒是能让你带去,不过得留下几打盘缠,我家小宝不会言语,咱做爹娘的还要替娃子的将来着想呢!"

"行行行行行!"瘦高个一口气说了五个"行",接着伸出了五个指头!

"不不不不不!"有德的头摇晃得像拨浪鼓一样。

"三天就五百,还少?!"

"少!"

"少多少?"

"还得这个数!"有德同样伸出了五个指头!

"行,行,行!"瘦高个显然放慢了节奏。

"好,好,好!"有德两眼笑得眯成了一条线!

小宝刚从 A 县回来,B 县开饭店的黄老板就来了。一进门,光哈哈。一副矮墩墩的身躯,一张妙语横生的嘴巴。黄老板掏出"红塔山",递给有德,还恭恭敬敬地先给有德点燃,然后再点自己的一支。他抽了一口香烟,就哈哈。"哈哈,我生了一个男娃,婆娘硬要一个女娃,一男一女活神仙哟,哈哈!……"下面的话和瘦高个一模一样,必定是事先准备好的言辞,什么拉拉关系呀,开个证明呀,生个二胎呀!

沉默了一会儿,黄老板双手把钱递给有德。有德从从容容地把手指往嘴巴上一摸,沾了一些唾液,就一五一十地数。数完了,他把钱又递给了黄老板。

"哈哈,哈哈哈!"黄老板不解其意。

"上次,瘦高个给了一百张!"

"和上次一样,哈哈!"黄老板到底是招待过闯南走北的客人的,他心领神会了,又从衣袋里摸出了二十张。

"瘦高个还给小宝做了两套新衣裳!"

"哈哈,我给你扯毛料!"

"还有小宝娘呢?"

"再给小宝娘扯,哈哈!"

黄老板出了一口长气,终于带着小宝离开了汪家湾。

天麻麻亮,一辆"雅玛哈"停在汪有德家大门口。一阵"梆梆梆"的敲门声惊醒了酣睡的菊花夫妇。菊花以为是小宝回来了,立即披衣下炕开门。门开了,站在她面前的是一位穿海军呢大衣、蓄着胡须的青年人。

"大嫂,您好!"

"好好!"

"我来接娃,老大哥呢?"

"在屋里!"

小胡子一进屋门,就从沉甸甸的皮包里拿出了三墩现钞,摔到桌子上,那钱居然一溜儿排开。又从皮包里取出"云烟贵酒"、糖果糕点,最后拿出的是一瓶"杜康"。

汪有德急急忙忙穿好衣衫,揉了揉惺忪的睡眼,就一张一张地数开了。他数完了钱,心中已被"自豪"占据了!喜滋滋地对小胡子说:"小宝今日准到,小阿哥您等一阵儿吧!"

小胡子吸了一口"云烟":"老大哥,咱是靠养蛇发家的,去年修神庙,咱就捐了两万;今年修学校,咱又捐了两万,不信吗?那石壁上刻的第一位就是咱!"接着,他的目光投向桌子上躺着的那三墩子,"这点小意思,先留下用吧!"

汪有德满意地点了点头。

小胡子把嘴一张一合,一合一张,吐出了三个烟圈儿,那烟圈儿由小慢慢变大,最后成了烟雾,在房间里飘荡。

小胡子指着桌子上的"杜康"胸有成竹地说:"这个是咱的特产。酒是杜康酿造的,知道吗?杜康者,周朝人也。离现在三千多年了,正是由于杜康造出了美酒,周平王才封他当酒仙。就是因为杜康造过酒的那一块宝地,咱省和河南打官司,一直告到北京,现在,这块宝地属咱省的啰!"

有德和菊花像听天书一样,觉得小胡子说的话高深莫测。他们只是频频点头。

小胡子又吐了三个烟圈儿,接着说:"大哥,大嫂,不瞒你们说,光靠养蛇,能赚几个?咱现在还开矿呢,资本大着呢!如果咱那口子生产了,咱给大哥大嫂挂红!"他指着房子,"你们看看,这房子,能住人吗?"又指着桌子说,"你们看看,这家具,人能用吗?明年咱给你们打组合,修高楼!"

正说着,突然进来了一位白发苍苍的老人,颤声问道:"这是有德家吗?"

"正是!"汪有德此刻觉得福至心灵了,顺口答道。

白发老人将了将花白的胡子:"小大哥,小大嫂,我是 C 县人,打十二岁开始钉鞋,家里一直单传,到儿子这一辈,却偏偏生了个闺女,眼看陈家就要绝后了!"说着,大点浑浊的泪珠从他深陷的眼眶里滚落下来。他用颤抖的双手捧着红布包:"小大哥,小大嫂,那边给管生娃的已经送了人情,也是这么多!这些,小大哥,小大嫂不要嫌少,就先留下吧!"

正说着,小宝连蹦带跳地回来了。他跑到妈妈跟前正"啊啊",还没来得及用小手比划,小胡子十分敏捷地把小宝抱上了"雅玛哈",一溜烟儿地飞了!

白发老人眼睁睁地望着小宝,望着飞驰的"雅玛哈",老泪纵横。原来,他为了给两边送礼,连自己和老伴的柏木棺材都卖了。他远道而来,只有住在菊花家等待小宝回来。

第二天,从北京吉普里走下了一位年轻女人,穿短风衣、健美裤,披肩发似瀑布,模样挺俊俏。然而,她神情恍惚,面容憔悴。不知是谁给汪有德家大门上贴了一张"此处借娃"的条子,年轻女人一看,不用打听,就径直进去了。她打开记者包,把厚厚的一墩子钞票搁在桌上,问道:"你家孩子呢?"

"B 县人接去了!"汪有德慢条斯理地说。

"大哥,大姐,我和老公感情很好,公公、婆婆对我也不坏。自从生了小丫头,公公婆婆整天阴沉着脸,指桑骂槐,还教唆儿子跟我离婚!我实在没法活呀!"说着就跪在有德和菊花面前,"大哥,大嫂,救救我吧!那边管生育的,我已送了两千!为了生儿子,我把宝石项链和金戒指都变卖了!大哥大嫂,救救我吧!"她哭得如同泪人儿一般,又跪着到白发老人面前哭,"老爷爷,您行行好救救我吧!"

白发老人用颤抖的声音说:"俺也——借娃!"

一传十,十传百,人们都来了,从东,从西,从南,从北。汪有德家门庭若市,热闹非凡。人们乘着各种各样的汽车,穿着各式各样的衣服,操着各不相同的口音,怀着相同的目的涌来了!汪有德家院子里挤得水泄不通!一沓沓、一墩墩钞票堆在桌子上,小山似的。大家你看我,我看你,静默着,等待着,盼望着。忽然,一个戴眼镜的中年人对大伙说:"我建议,咱先排个队,按先后顺序来借,大家说咋样?"中年人的这一意见被人们接受了!于是就把排好的顺序写在一张大红纸上,挂在墙壁上,人们拿出小笔记本,记上了各自借娃的日期。日子远的,坐车走了;日子近的,就住下来等。戴眼镜的中年人出了门又返回来,摘下眼镜,把镜片擦了又擦,慢慢地戴上,打开小本,抬头瞧瞧挂在墙上的"借娃表",再仔细看看自己的小本子,这样反复了三次,才慢慢地离去了。

小宝从 A 县来,又到 B 县去,从 B 县来,又到 C 县去。每次回来,都穿新衣戴新帽。他先跑到妈妈面前"啊啊"几声,再用小手比划着。现在,小宝连"啊啊"的时间都没有了!他的旅程表上排得满满的。

话说有德才三十出头,一副"由"字脸,一向沉默寡言。自从小宝能挣钱,他满脸堆笑。见到熟悉的人笑,见到陌生的人也笑,他的每个神经细胞里充满了喜悦。即使不会笑的人,一见到他,总得痛痛快快地笑几声。汪有德家的责任田里杂草丛生。他原先心爱的老旱烟锅,也正式宣布退役了,被他扔到水流湍急的白马河里。他吸着"云烟",喝着"贵酒",在院子里的老柿树下踱方步。听人说,一万元"大团结"等于一公斤、二市斤,我今日要亲自称一称,是不是真的。他提着已经离世多年的父亲汪三老汉当年卖过豆腐的那杆老秤,一称,果然不假,他惊讶地喊道:"真的,二市斤等于一公斤!"他把所有的钞票全部从箱子里取出,放在这杆秤上称,刚一提,秤系就断了,他又系上一条新绳子,把钱一墩一墩地堆在秤盘上,刚一提,秤就翻了,它已经超负荷了!不料秤杆翻了过来,戳到他的脸上,好危险呀,差点儿挑出了黑眼珠子!秤砣落下来打在他的脚上,脚面立刻起了一个小馒头似的血包！

菊花近来老是失眠，吃饭也不香，一口饭送进嘴里，嚼来嚼去咽不下！心沉沉的，像是压着一块大石头。突如其来的烦恼，犹如万箭攒心！她想道：小宝被东家接西家送的，不应该收人家的钱，咱只是行行好，积积德，为的是能生一个会说话的娃娃！她把这话讲给男人，有德笑吟吟地说："咱那彩电上说，现在什么都得讲经济效益，咱小宝借给人，一来积德行善，二来有效益。菊花，小宝娘，两全其美呀！"菊花听了男人的话，似乎懂了一点，又似乎并不全懂。她始终认为，不该收人家的钱，把钱趁早儿退给人家才行！

"小宝他爹，咱把东西留下，把钱退给人家吧！"菊花用恳求的口吻说。

"臭婆娘，知道啥，退个屁！"有德恶狠狠地瞪了女人一眼。

菊花的心乱极啦！莫明其妙，说不清的烦恼一阵一阵地向她袭来，她的心似乎要从胸腔里蹦出来。她恨不得一头栽进汹涌澎湃的白马河里，倒还痛快。但她不能呀，她还有小宝，还有小宝呀！

汪有德沏了一杯铁观音，那茶叶，在杯子里悬空竖立。他一边品茶，一边想，菊花自从生下小宝，再无身孕，这倒还好，如果再养一个，万一像小宝一样不会言语，那就糟了！他又啜了一口铁观音，心中豁然开朗，干干脆脆跟婆娘离婚。但他又皱了皱眉头，那我汪有德就要遭到全村人的诅咒！"三十六计，走为上策！"干脆一走了之！他自言自语道："人家那些人多么有钱，今日，我有德也有了钱。有了钱还怕找不到婆娘，有了婆娘，还怕没有孩子！"他觉得，幸福已经在他眼前展开了五彩缤纷的光环！他满面堆笑地对菊花说："小宝娘，咱的小宝为咱家挣了这么多钱，听驼背大叔说，上边的政策又紧起来了，万一让公家知道，咱要吃官司坐牢的！依我看，趁这几天下雨，把小宝藏在外婆家，借娃的人来了，就说小宝没回来，你看咋样？"

菊花听了，欣然赞同，连连点头称是。

第二天一大早，菊花就起床，收拾小宝换穿的衣服。吃了早饭，菊花搂着小宝亲个不停。从头亲到脚，从脚亲到头。小宝依偎在妈妈怀里，亲妈妈的右手，亲妈妈的左手，亲妈妈那没有血色的面庞。用小手轻轻地抚摸着妈妈的奶头，又把奶头噙在小嘴巴里吮吸。

这时，汪有德妙用"掉包计"，将装有小宝衣服的提包换成了装钱的提包，并把小宝的两件衣衫盖在那钱上，然后拉上了锁链！菊花泪流满面

心谷响起的回音

地说要跟着去,遭到了有德的训斥:"你也去了,那家里的钱,谁看!"

菊花送了一程又一程,不时地亲着小宝圆圆的脸蛋。她,一步三回头,步履蹒跚地回去了。汪有德领着小宝来到白马河边。外婆家在河东,汪家湾在河西。有德望着大浪翻滚的河水,瞅瞅小宝,小宝出脱得更加惹人喜欢了。他想立刻行事,但又想,不能!不能啊!小宝虽然不会言语,但毕竟挣回来了一提包钞票,不能这么做,不能这么做!他左手牵着小宝,右手提着大提包,沿着河岸,顺水走上一会儿,逆水走上一会儿,好像着了魔,幽灵似的在河边游荡!

傍晚,天下起雨来,汪有德在水流最湍急的地方坐了下来,时而望望天空,时而看看河水。小宝拉着有德的手,指指河水,指指天空,指指遥远的姥姥家。意思是河水大,天晚了,又下雨,快回家吧!汪有德死死抓着装钱的大提包,他的心惶惶惑惑的,他的脸阴惨惨的。当他想到无边的幸福时,蓦地站了起来,抱起小宝,像吃了死人的野狗一样发红的两只眼睛里,喷射出咄咄逼人的寒光,吓得小宝直"啊啊",小宝想从汪有德的怀里挣脱出来,不管小宝怎样使劲,也挣不脱钳子似的大手,热泪在小宝圆圆的眼睛里转悠悠。此刻,汪有德咬紧牙,闭上双眼,把小宝抛向大浪滔滔的白马河里!

"爸爸……"

汪有德听得清清楚楚。

这声音拉得很长,这一声"爸爸",简直撕裂了汪有德的肺腑!他万念俱灭,不顾一切地扑向大浪滚滚的河水中,眼看就要抓住小宝,一个大浪劈头盖脑地打来,把小宝推向了岸边,小宝被正在钓鱼的驼背大叔救了上来。打闷了头的汪有德在河水中挣扎着,翻滚着,终于被巨浪吞噬了!他随着河水中时隐时现的沉渣,时而被浪花扬起,时而又随浪花落下……

(1998 年 12 月 20 日)

老村长的葬礼

一

老村长，姓赵，名槐田。他说自己是槐系子民，明代洪武年间，从山西洪洞大槐树下被当时的移民局用绳子绑住拉到陇南的。我半信半疑，后来有幸翻阅县志，确有如此之说。老村长上过私塾，《四书》能一句一句地背下来，在赵庄文化水平最高，识字最多。土改那年，被村民推举为村长，一干就是几十年。后来，他当队长又当支书，官名在变，村民对他的称呼没有变。冬天，他穿一件宽大的黑棉袄，似乎十多年没有洗，也没有补，袖口的棉花露出了笑脸。腰间系了一条三尺长的白腰带，说是白的，其实已经发黄变黑了，只有一丁点儿白的影子。头上扎着一条白毛巾，长长的老旱烟管别在腰间。他不怎么爱言语，但是，一旦说起话来却掷地有声。

二

"大跃进"的年月里，老村长带着二十几个青壮年男子到徽县"大闹钢铁"，腊月初八才回来。一进门就问小女儿娟子在哪儿，妻子哽咽着说："你走后，我的奶水干了，娟子她——她殁了！"说完失声痛哭，赵槐田也哭了起来，清泪打湿了他的衣衫！苦难深重的农民，只能用哭声诉说自己的不幸！由于长期营养不良，老村长的妻子得了水肿病，用手爬着上厕所，又染上了风寒，加之缺医少药，除夕那天就离开了人世。

一九五八年农业大丰收，又是大炼钢铁，又是深翻土地，庄稼烂在地里无人收，再加上吃大锅饭，农民家中没有一粒粮食，迫使老鼠迁徙到田间地头繁衍生息。第二年春天，村民们只好在庄稼地里掏老鼠窝来维持生计。若能碰上一个，里面至少有五六斤的纯粮食，高粱呀，黄豆呀，玉米粒呀，样样齐全。当时我只有十一二岁，也加入掏老鼠窝的队伍中。我连续挖了两天，都没有见到老鼠的踪影，第三天傍晚，我顺着老鼠洞挖了一个大坑，一镢头下去，一只足足有一尺长的老鼠从洞里逃了出来，我顺着老鼠洞又挖了一会儿，"天啦，粮食！"离我不远处有一个比我大两岁的小子，听到我惊喜的叫声，急忙跑过来，说要和我平分！他的歪理是"隔山打兔,远见平分"！我说:"岂有此理,又不是你挖出来的,谁挖出来的就是谁的!"他强词夺理,开始抢我的胜利果实！我们两个人就展开了一场殊死搏斗！我的脸被那小子抓了两道深深的血痕！我把那小子压倒在地,骑在身上,那小子猛地在我的手背上咬了一口,血流如注,我疼得尖叫！这时,老村长出现了,生产队里丢了一只羊羔,他找到这块地里来了。老村长把我拉了起来,从腰间系的腰带头上扯下一段布,把我的手包扎了,血把那白黄相间的布都浸透了！老村长问明情况,用手一捧一捧地把那堆粮食分成两半,由于是我挖出的,就给我多分了一捧。他用那长满老茧的大手在我头上摸了摸,我分明看见他的眼眶里滚下了两行清泪！

那时节,粮食极度缺乏。农民们打的粮食,交了公粮还要交购粮,公购粮一交,所剩无几。农民们辛苦一年,多半年吃糠咽菜！最难熬的是二三月,没有野菜吃,只能把高粱壳、玉米棒子芯、谷糠、荞麦皮子碾碎充当食物。最揪心的是吃了这些东西,屎拉不下来,我每次拉屎,祖母要用手指从屁股里往外掏,疼得我哇哇大叫,祖母的哭声比我的叫声更大,我的叫声被祖母的哭声淹没了！

三

那是一九六〇年的春天。

老村长召集村干部们开会,他点燃了老旱烟,吧嗒吧嗒吸着:"北乡的魏庄已经开始吃死人了！咱们赵庄这几天也抬着埋了两个,再不设法子搭救人命,我们要被写进史书的。孔夫子作《春秋》而使乱臣贼子惧！我最怕被史书记下来!"村干部们一直嚷到启明星爬上天空,才下了狠心。老村长最后说:"只有杀羊了,要坐牢我赵槐田去!"

羊肉煮熟了,热腾腾的,香喷喷的,连空气中都弥漫着清香！村民们无论大小,每人一碗,碗里羊肉少,而多半是汤。老村长对村民们说:"留了一半,明天再来喝。"我顺口道:"喝一半,留一半,大伯大婶你看看,明天还有一老碗!"逗得大家哈哈大笑。老村长怕有闪失,就在食堂的大锅旁边,堆了麦草,守了一夜！第二天,每个村民果然又是一碗！两只羊头和羊的蹄子是给宰羊人的奖赏！

晚上,我躺在炕上,翻来覆去睡不着,就悄悄地爬起来,穿好衣裳,从狗洞里爬进食堂的院子,趴在窗户上窥视,老村长正把多半只羊耳朵往嘴里送,他一抬头,发现了我,"啊"了一声,就把那多半只羊耳朵从窗户里递了出来,并说:"快去,快去,明天还要上学!"那半只羊耳朵,是那么喷鼻儿香!

最震撼人心的莫过于宰牛了。

夜幕降临的时候,我才从学校回来。我看见老村长牵着一头老黄牛,并且用黑布把牛的眼睛蒙上,去了食堂大院,我非常好奇,为什么要蒙上牛的双眼?于是就潜伏到食堂后院外边的一棵老杏树上,想看个究竟。一直到月亮爬上了山冈,老村长、会计、出纳、保管员还有常常替人杀猪的庞老二,他们把牛牵到堂食后院,用绳索把牛的四条腿捆得结结实实,庞老二把牛从角上扳倒,让牛平卧在地上,再用绳子把牛捆在了一棵老槐树墩子上。这五个人跪在了老黄牛的面前,老村长跪在前,那四个人跪在了老村长的后边,先给牛烧香烧纸钱,老村长对老黄牛说:"老伙计,为了救全村人的命,只好委屈你了,下辈子我赵槐田当牛当头狗(即驴),任你驱使,任你宰割!"说完后就给老黄牛磕了三个头,才慢慢地站了起来,两行清泪从他的眼眶里溢出,毕竟他与老黄牛相伴十多年啊!说时迟,那时快,庞老二一刀子捅进去,老黄牛绝望而又沉闷地长吼了一声!天啦!那叫声令人心酸,令人心痛,令人心碎!怪不得孟子说:"闻其声不忍食其肉!"我毛骨悚然,吓得尿洒了一裤裆,差点儿从老杏树上掉下来。自此以后,我看见杀猪宰羊,就如同刀子在往自己脖子上捅!

老村长他们把牛肉剔下来,牛骨头砸碎,连同内脏均匀地分给了每户村民。村民们瓦盆里端的、瓦罐里提的仿佛不是老黄牛的肉,而是他们各自的生命!

四

一九六六年十二月,我从北京回到家里。有一天,去老村长家找他的儿子虎子玩。适逢县一中井冈山兵团的造反派到赵庄宣传毛主席的最新指示,为首的是邱大碧。邱家一双女儿,老大叫大碧,老二叫小玉,真可谓"大家闺秀,小家碧玉"。"文革"开始不久,邱大碧就把自己的名字改成邱要武了,但没有人叫。邱大碧上高中时,我已经到外地读书了。不知她吃了山珍海味,还是玉粒金莼,肉乎乎的,走起路来,两个屁股蛋儿活像两扇磨轮子。迈左腿,屁股蛋儿朝右转,迈右腿,屁股蛋儿朝左转。邱大碧一伙人踏进赵家的门槛,直冲上房正屋,邱大碧贼溜溜的眼睛瞥见毛主席的像和刘少奇的像并列挂在墙壁上,她一把将刘少奇的像从墙上撕下来,由于用力过猛,连同毛主席像的右上角也带上了! 她歇斯底里地说:"刘少奇是中国最大的走资派,已经被革命造反派打倒了! 你赵支书怎么还挂他的像? 你这个赵槐田是保皇派!"接着高喊:"打倒保皇狗赵槐田!"随从的那几个造反派男女异口同声地叫嚣! 邱大碧毫不迟疑地将刘少奇的像撕成两半,夹在了自己的裤裆下! 老村长眼睛里喷射出了火焰:"士可杀,不可辱!"把刘少奇的像一把从邱大碧的裤裆中夺了回来,大口大口地咀嚼,迅速地咽了下去! 这个惊人的举动,不由得使我想起在革命战争年代,由于叛徒告密,党的地下组织遭到了破坏,革命者将党的秘密文件吞进嘴里咽下去的悲壮一幕! 邱大碧气焰十分嚣张,一巴掌打在了老村长的脸上,顿时翻起了五个血印:"要文斗,不要武斗!"我高声猛吼一声! 这时虎子挑着一担水进门了,他把两桶水放下,看看父亲,又进屋看看墙上,毛主席像缺了右上角一大块,虎子严肃地对邱大碧说:"你撕刘少奇的像,他是走资派! 毛主席也是走资派吗? 为什么把毛主席他老人家的半只眼睛也撕走了? 你——邱大碧才是反革命!"虎子大声喊道:"抓现行反革命邱大碧!"赵家院子里围了不少人,大家往上房正屋墙壁上看时,毛主席的像不但撕烂了,而且右上方的半只眼睛也不在了! 邱大碧像泄了气的皮球一样,一下子软了! 她连声说:"我不是故意的,我不是故意的!"赵家庄的红小兵犹如花果山水帘洞里的小猴子,一齐围了上来,高喊着:"邱大碧撕毛主席的像是现行反革命! 打倒现行反革命——肥大碧!"红小兵们用断砖残瓦打得邱大碧一伙夹着尾巴落荒而逃!

五

若干年后,当年的红小兵长成了生龙活虎的壮后生。一个夏夜的晚上,月明星稀,微风习习。村民们坐在赵庄小学门口乘凉。大伙儿和老村长逗乐,讲起当年的"经典"故事。

老村长依然点燃老旱烟,吸了一口又一口,说:"那是急中生智,我把主席像咽下去,一来不让领袖受辱,二来让他老人家永远活在咱心中!"他又吸了一口烟,接着说:"一个肥婆娘,把国家主席的像夹在裤裆,这是侮辱人,这是犯罪! 刘少奇主席是全国人民选出的合法领导人,他老人家挽救了革命,挽救了党,要是再饿下去,人民共和国这座大厦会在农民起义的呐喊声中轰然坍塌!"

"那个肥婆娘呢?"

老村长用力吸了一口老旱烟，呛得咳了几声，说道："那领袖像是县委书记王思危特意送给我的，王思危十三岁参加革命，爬过雪山，走过草地。为了落实刘少奇主席对咱农民的政策，跑遍了全县的村村寨寨。武斗开始后，造反派抢了县城武装部的枪，把王思危抓去，关在县一中的教学大楼里，用钢鞭打得遍体鳞伤！成千上万的农民把县一中围得水泄不通，要他们交出王思危！井冈山兵团的造反派修筑工事，负隅顽抗，一锁子子弹放倒了六个人！农民们为了救县委书记王思危，炸毁了大楼，冲进去时王书记已经断气了！那肥婆娘邱要武还在打！愤怒的农民像砸洋芋搅团那样，把邱要武捣成了一团肉泥！"

"痛快，痛快！"

"这就是人民的力量！"

"恶有恶报，善有善报！"

村民们你一言我一语地议论着。

六

老村长的儿子虎子军校毕业后，参加了对越自卫反击战，少将军衔，现在解放军第二炮兵某部服役。孙子赵厚基，是最年轻的中国工程院院士。

八月十五那天，小重孙女儿娇娇问太爷爷："中国有多大呀？"太爷爷说："中国大着呢，从太阳升起的地方一直到太阳落下去的地方！"娇娇说："我长大了要带着太爷爷游遍中国！太爷爷，您能走动吗？"太爷爷说："走不动啦！"娇娇甜甜地说："您坐在我的汽车上嘛，不用走！"

"哦，怎么啦！太爷爷不说话，太爷爷！太爷爷！"太爷爷还是不说话，太爷爷在与娇娇的说话声中，安详地闭上了眼睛，走完了他那八十八个春秋！

他的葬礼古朴中带有现代气息，招魂幡、望乡台高高地矗立在赵家大院，各式各样的花圈，一共八十八个，整齐地排列在大门两侧，有传统的童男童女，金银斗，仙鹤，骏马；还有现代的别墅，红旗牌小轿车，电视，洗衣机，电冰箱，手机等等。村民们胸前佩戴着白花，在庄严肃穆的气氛中，在低沉悲壮的哀乐声中，为他们的老村长送行！

（2000年1月16日）

杂 谈

有感于"仲乐相马"

"伯乐相马"家喻户晓;"仲乐相马"却鲜为人知。

据说仲乐是伯乐的弟弟。伯乐把相马术全都教给了弟弟。有一次,伯乐领着弟弟来到马市,他从引颈长鸣的马群中牵来了三匹马,想考考弟弟。仲乐胸有成竹地走到了"枣红马"跟前,看到马背上有许多鞭痕,就摆了摆脑袋。于是走到"玉石眼"跟前,振振有词地说:"这不就是隔壁王二养的那匹吗?听说一顿要吃一石料!再说,不务正业的王二能养出好马吗?"说完后,他又走到"白如雪"跟前,笑眯眯地说:"白马白如雪,四蹄硬如铁。"一边说,一边用手在"白如雪"的屁股上拍了一下,"白如雪"立即用铁蹄回敬,差点儿踢到他的"要害部位",仲乐急忙调整表情,大声呼喊:"白马非马也!"

弟弟仲乐的一举一动,全被哥哥收入眼底。伯乐付了重金,牵了三匹千里马,愤然而去。

然而当今,伯乐有,仲乐亦有。在选用人才时,不应求全责备,而应推诚相见。真正的人才,当然也有其不足之处,但我们要看到他们的长处,发挥他们的才干。希望"仲乐们",彻底抛弃世俗恶习,为振兴陇南,开发陇南,大胆地举贤荐能!

(《陇南报》,1988年7月16日)

"不倒翁"的联想

星期天,到朋友那里去聊天,他的桌子上摆着一个"不倒翁"。那和谐的色彩,似笑非笑的面容,栩栩如生的形象,给人一种强烈而又明晰的印象。

"不倒翁",也叫"扳不倒",它原来是褒义词。相传春秋时候,楚国人卞和在楚山中采得一块玉璞。卞和捧着它献给厉王,厉王让玉匠观察,玉匠说是一块顽石。厉王以为卞和欺骗他,就剁去了卞和的左脚。等到厉王死后,武王继位,卞和又捧着那块玉璞献给武王,武王让玉匠观看,玉匠又说是块顽石。武王以为卞和故意欺骗他,就剁去了卞和的右脚。等到武王死后,楚文王继位,卞和见无人识宝,怀着玉璞在楚山下痛哭,文王得知后让人问他说:"天下受断足之刑的人很多,你为何哭得如此悲哀呢?"卞和回答说:"我不是伤心我的两只脚被砍掉,我是伤心宝玉被人们当作石头,忠贞的人被当作骗子来辱没他的名声,这是我伤心的原因啊!"楚文王立即招来能工巧匠开凿这块玉璞,果然是块美玉,于是就制成玉璧,命名为"和氏璧"。卞和虽然被削去双足,但仍然坚持真知灼见,楚文王不胜赞叹道:"和氏真是个扳不倒之翁也!"这就是"不倒翁"的由来。

然而,现在人们所说的"不倒翁"却带有否定、贬斥的色彩。"不倒翁"成了庸庸碌碌的领导者的代名词。这些"不倒翁",饱食终日,无所用心,不求有功,但求无过,在这个单位当什么长,政绩平平,却又换到那个单位当书记;那个单位当书记,无所事事,却又换到这个单位当什么长。受损失的只有人民的事业。针对当今的"不倒翁"们制定诸如"条例"之类的"王法",用统一的尺度来衡量那些可怜可笑可悲可厌的"不倒翁"们,乃是目前亟待解决的问题之一!

(《法制导报》,1991 年 3 月 8 日)

小议"难得糊涂"

近年来,郑板桥又随着他的"难得糊涂"的名言时兴起来了。一些"公仆"的墙壁上挂着"难得糊涂",茶几上刻着"难得糊涂",玻璃板下压着"难得糊涂"。你看,郑板桥那篆隶兼行、遒劲有力的字,确实令人喜爱。但这一些"难得糊涂"的信奉者,却不知道"难得糊涂"的真正含义。

郑板桥在山东范县、潍县做过十二年县令,他在潍县做县令时,曾发生了这样的事:

其一,他的堂弟因祖上房产中的一段墙基和邻居发生争执,写信要求郑板桥帮他打官司。可是郑板桥这时似乎糊涂了,他没有说人情,开后门,而是在回信中赋诗一首作答:"千里捎书为一墙,让他几尺又何妨;万里长城今犹在,怎么不见秦始皇。"

其二,乾隆十八年,潍县遭受百年不遇的饥荒,郑板桥来不及申报上司批准,就下令开仓赈济饥民,使成千上万的人免于死亡。可是他却因"收买民心,图谋不轨"而丢掉了乌纱帽。他在离别潍县时,画竹题诗说:"乌纱掷去不为官,囊橐萧萧两袖寒;写取一枝清瘦竹,秋风江上作渔竿。"

通过以上两件事,我们不难看出郑板桥在私事上"糊涂",在公事上却不"糊涂"。郑板桥的"难得糊涂",其实是"难得聪明""难得清醒",要做到郑板桥的"难得糊涂"实在是件不容易的事!

"难得糊涂"的信奉者们,现在应该"公官公做",而不应该"公官私做";应该"忙官忙做",而不应该"忙官闲做";应该"雅官雅做",而不应该"雅官俗做";应该"热官热做",而不应该"热官冷做"!

(《陇南报》,1990 年 2 月 17 日)

文学作品篇

靠至诚赢得"上帝"

　　当今,刚刚解决了温饱的中国劳动群众,要买一件家用电器,谈何容易!中国劳动群众恨不得把一分钱掰成两半花!但假冒伪劣商品却像瘟疫一样十分猖獗!一双袜子穿上一天就是两个大洞,一双皮鞋穿不上三天就脱了胶,不锈钢菜刀生了锈,电冰箱不制冷,保温瓶不保温,假冒农药害得农田大减产……笔者给女儿买了一盒近视灵,越用视力越下降。中国的劳动群众,谁家没有一本"血泪账"!

　　《工人日报》最近刊载了《"上帝"在中国》的文章。其中说道,山东老区年迈的农民夫妇,受了一辈子穷,攒了一辈子钱,进城买了一台黑白电视机,放到自家土屋的炕头上,一点儿声音也没有,一个人影儿也不见。电视机是坏的。现代化的物件没享用上,还倒搭上了一辈子的血汗钱。当天晚上,老头子就给气死了!

　　可怜啊,中国的劳动群众!可怜啊,老区人民!在革命战争年代里,老区人民用鲜血和生命支援了中国革命,他们没有倒在敌人的屠刀下,却被当今的劣质产品杀戮了!

　　然而在中国,目前还没有一个厂家敢大胆宣称自己的产品百分之百合格!中国的企业家们,应该三思啊!靠什么赢得市场?靠什么赢得信誉?靠什么赢得"上帝"?靠假冒伪劣产品吗?靠欺骗坑害消费者来赚昧心钱吗?应该靠过硬的产品质量,靠良好的售后服务,赢得信誉!赢得"上帝"!

　　　　　　　　　　　　　　　　(《陇南报》,1992 年 6 月 3 日)

也谈吸烟

中国小说最早描写吸烟情节的是《红楼梦》，写王熙凤吸烟："只是袭人端过茶来，只得搭讪着，自己递了一袋烟，凤姐儿笑着站起来接了……"而现在的小说、戏剧、电影、电视中，有关吸烟的场面就屡见不鲜了。

据说，烟草原产于南美洲，最早吸烟的是印第安人。一五世纪烟草传于欧洲，我国大约在明万历年间开始种植烟草，明末人们才开始吸烟。1840年鸦片战争之后，英、美等帝国主义国家在上海等地开办卷烟厂，向我国各地强行推销"洋烟"，即纸烟。当时的青年人把吸两头一样齐的洋烟视为十分荣耀的事。

中国从种烟草到如今人们普遍吸烟，只不过四百多年（公元1570年左右开始）的历史。而现在的中国人，客来敬烟，已成为一种社会风气。老年人吸烟，中年人吸烟，青少年吸烟。更令人忧虑的是妇女吸烟的人数与日俱增。吸烟的人在我国竟达两亿以上！开会吸烟，办公室吸烟，看电视吸烟，坐车船吸烟等等。总之，有那么一些人，一离开烟就无法生存了。殊不知吸烟已是当今世界最大的环境公害之一。吸烟危害人体健康，已引起了世界各国的高度关注。

烟草中含有尼古丁等有害物质二十多种。据联合国世界卫生组织调查表明，吸烟者容易患肺癌、慢性支气管炎、肺气肿和心脏病，吸烟者患十二指肠溃疡的，要比不吸烟者高五倍。女性由于生理条件的原因，吸烟对健康的损害比男性更大，烟草中的有害物质浸入血液，会造成皮肤营养不良，致使皮肤干涩粗糙，影响容貌。据报道，日本约有近一半的吸烟妇女患不孕症。孕妇吸烟，烟草中的尼古丁会损害胎儿的肝脏，对新生儿的智力发展影响很大。

社会主义现代化建设，正步入一个新起点，国民身体素质的好坏，会直接影响各项事业的顺利开展。为了使我国"小康"蓝图早日实现，为实现第三步战略目标奠定坚实的基础，一切有素质的人都应该不在公共场所吸烟，把在公共场所吸烟看成是一种不道德的行为！因为吸烟的人吐出的烟雾被不吸烟的人吸进去,对不吸烟者损害更大。还应该规定领导开会不吸烟,教师在课堂上不吸烟,电影、电视不拍摄吸烟的镜头！随着国民经济的发展,国家应该适当控制或逐步减少卷烟的生产规模(我国最大的五百家工业企业中,卷烟企业就占五十九家)。同时,制定一些相应的法规来约束吸烟者。还应该大力宣传不吸烟的好处和吸烟的害处,家庭、学校、社会总动员,从青少年抓起,不要让青少年从小沾染上吸烟的恶习,形成健康向上、良好洁净的社会氛围。那么,国民身体素质的提高就可指日而待了！

(《陇南报》,1991 年 12 月 4 日)

语文教学篇

教学论文

中学作文教学初探

如何提高中学生的写作能力？多年来我为此做了不懈努力，根据自己的教学实践，我有以下拙见，愿与同仁们商榷。

一、坚持写日记

坚持写日记，能激发学生写作的积极性。高 1987 级学生是我从初中带到高中毕业的，他们中间有许多人不但怕写作文，而且文不成句。针对这种情况，我让学生每人准备一个小本子，坚持在每天晚上临睡前 10 分钟写一则日记，哪怕是"起床后，刷牙，洗脸，吃早点"式的流水账也行。在此基础上，让他们记一天中自己认为最有意义的事，比如自己与父母、老师、同学之间发生的小故事或者向老师倾诉自己的欢乐与痛苦。学生向老师说心里话，老师为学生保守"秘密"。从日记中表露出的童心，如朝露般晶莹，似云霞般灿烂。就这样，他们心里怎么想，笔下就怎么写，自自然然，真真切切，从无话可说到有话说不完。对于流露出来的不正确的想法，我则用赤诚与良知加以疏导，既教作文，又教做人，循序渐进，引导学生步入多彩的大千世界。

二、单项训练好处多

语文教学大纲中规定：一学期中，作文教学要完成 8 篇大作文和 8 篇小作文的写作任务。小作文主要是进行单项训练。单项训练是为写好大作文打基础，做准备。比如描写人物肖像，分老年人、中年人、青年人和少年儿童。还要注重描写工人、农民、士兵、教师、医生等从事不同职业的人的外貌特征。诸如人物语言、行动、心理活动到描写一个细节，一个场面等，由浅入深，逐一训练。景物描写训练，首先引导学生进行观察，把握一年四季景物变化的特征。春天，突出群芳吐蕊，争奇斗妍；夏天，突出满山青翠，郁郁葱葱；秋天，突出层林尽染，果实累累；冬天，突出白雪皑皑，山舞银蛇。其次，引导学生仔细体会景物的鲜明形态。如朝霞的灿烂，晚霞的绚丽;夜空的深邃,群星的璀璨;春雨的细密,夏雨的滂沱,秋雨的连绵,冬雪的纷飞……就这样练基本功。在此基础上,进行想象作文训练。1990 年,我看了一篇小小说,题目是"○"。作文时,我在黑板上画了一个"○",让学生写一篇想象作文。有的学生将它看作数学里的数字"0",有的学生把它说成了歌星唱歌时张开的圆圆的嘴巴,有的学生想象它是初升的红日,有的学生想象它是中秋挂在天空的一轮满月,还有的学生想象它是滚滚前进的车轮……

三、写好作文评语

写作文评语时,我对于写得好的作文和写得差的作文,都坚持以鼓励为主的原则。对于写得差的作文,不下否定性的评语,更不讽刺挖苦。有的同学即使文章写得空洞无物,层次混乱,但只要书写工整,也应当加以鼓励,同时提出殷切的希望,增强学生写好作文的勇气和信心。另外,评语要切中要害,抓住重点,对症下药。如语言锤炼,布局谋篇,材料优化,审题立意等方面,只要抓住其中一个方面,启发学生深刻认识,让学生自己动手修改、润色。

四、教师下水示范

教师下水作文,是著名教育家叶圣陶先生生前倡导的行之有效的方法。学生作文不同于文学创作,模仿别人的文章,对于提高自己的写作能力是有益处的。指导学生写命题作文时,我出一组同题材的题目,让学生任选其一进行写作。如记事:《我做错了一件事》《我做对了一件事》《记一件激动人心的事》。我先写一篇文章,在班上阅读,即使无闲暇时间写,也要找《作文通讯》上的优秀作文,给学生朗读,以便打开学生的思路,抛砖引玉。

在写议论文时,总是要引导学生先列好写作提纲,然后再动笔写作;总是要把自己的文章读给学生听,循循善诱,持之以恒。古人云:"教学相长。"在二十余年的教学生涯中,我先后在全国市地、省部级刊物上发表了各类文章近百篇,不但提高了教学能力,而且对学生起到了潜移默化的作用。

五、建立中学生文学社

积极开辟第二课堂,建立中学生文学社。从 1980 年开始,在自己任课的两个教学班,分别组建《小草》与《新星》文学社。从语文爱好者当中民主选举产生社长、副社长、秘书长等，组成编委会。文学社的刊物是"手抄报"，凡是参加文学社的同学，在编委的指导下，每学期轮流担任二至三次编辑，"手抄报"中要有一篇自己写的文章，"手抄报"办好后，张贴在《学习园地》上，期终进行评比，评选出优秀的作者、小编辑，进行鼓励，调动学生作文的积极性。当学生的作品得到公正评价时，他们心灵深处会激起一股喜悦的浪花，享受到辛勤劳动带来的欢乐。尽管学生走了一批又一批，《小草》与《新星》却如同两朵永开不败的山花鲜艳迷人！

六、参加作文竞赛

引导学生参加作文竞赛，是鼓励学生写好作文的又一措施。1986 年高二学生王兰宁（后考入兰州大学）的小论文荣获全省中学生小论文大赛二等奖。1995 年，甘肃省举办全省中小学生"我需要地球，地球需要我"环保征文大奖赛，高二（2）班学生陈勉舟（后考入甘肃农业大学）的《关于地球的随想》荣获中学组全省一等奖，高二（1）班学生赵筱晗（后考入西北师范大学）的《人类生存的悲剧》荣获中学组全省三等奖。事后，陇南地区环保局在我校举行了隆重的颁奖大会，全校学生受到了极大的鼓舞，不但增强了学生的环保意识，而且有力地推动了学生写作水平的提高！

总之，培养学生的写作能力，提高学生的写作水平，引导学生过好写作关，是开展素质教育的重要环节，因此，我们应该注重研究这一重大课题。

（《甘肃教育》杂志，1999 年第 11 期）

林区小学生作业负担过重的问题值得注意

小学生作业负担过重,是一个比较普遍存在的问题,笔者在白龙江林区的 4 所小学分别对教师、学生、家长进行了调查,其目的是希望引起教育主管部门对这一问题的重视。

一、小学生做作业的必要性

被调查的教师、学生和家长,普遍认为对小学生布置适量的作业是必要的。95% 的教师认为,对小学生布置适量的作业是非常必要的,认为没有必要的占 1%,认为可有可无的占 4%。

被调查的小学生中,喜欢课余时间做适量作业的占 20%,不想做的占 80%。这说明大多数小学生不愿做课余作业。

家长愿意教师给孩子布置适量课余作业的占 92.5%,不愿意教师给孩子布置作业的占 7.5%。大多数家长都希望教师给孩子布置适量的课余作业。

布置适量课余作业,对小学生学习知识、巩固知识都是必要的。

二、目前小学生作业的现状

林区小学生的作业负担过重,影响身心健康发展。书包越背越重,各种类型的配套练习名目繁多,作业越做越多。有一部分教师认为,学生做的作业越多,就越能提高学习质量。每门课都有作业,有课堂作业,课后作业,家庭作业,星期天作业,节假日作业等。每天的家庭作业,有 18% 的学生做 1 小时,72% 的学生做 2 小时,8% 的学生做 4 小时以上。

课堂作业能当堂完成的占 50%,完不成的占 50%。课余作业在学校能完成的占 30%,完不成的占 70%。小学六年级学生中,有 5% 的学生手指弯曲变形,25% 的学生戴上了近视眼镜。这种状况,显然与德、智、体全面发展的要求不相适应。

三、减轻学生课余负担的措施

减轻林区小学生课余负担刻不容缓。首先要统一思想,提高认识。给小学生布置一定的作业是合适的。但大多数学生不愿做作业,这是一个矛盾。教师和家长要培养学生的学习兴趣,引导学生做适量的作业,这对巩固知识以及教师了解学生的学习情况是大有益处的。而问题在于教育主管部门应明令禁止编印各种类型的所谓配套练习,不让教师给学生布置太多的课外或家庭作业。

教师不但要给学生布置一定数量的家庭作业,并且还要认真细致地批改作业。教师全面地、科学地布置适量的作业,则是减轻林区小学生课业负担的关键。

(《中国林业教育》,1996 年第 6 期)

我为汉字鼓与呼

我国最早的汉字是 1899 年在河南安阳小屯村发现的甲骨文，距今已有 3500 年左右的历史。商代的甲骨文约有汉字 4500 个，汉代许慎编纂的《说文解字》收录汉字 9553 个，到了清代，张玉书编纂的《康熙字典》收录汉字 47035 个，而收录汉字最多的要数当代的《汉语大字典》，共有汉字 56000 多个。古代名著《诗经》使用不同的汉字 2939 个、《论语》1512 个、《孟子》1959 个、《韩非子》2680 个，而《红楼梦》全书共计 1007000 字，使用不同的汉字 4462 个。现代作家叶圣陶的《倪焕之》使用不同的汉字 3039 个、老舍的《骆驼祥子》2413 个，曹禺的《雷雨》1681 个、毛泽东选集（1～4 卷）3002 个。经过专家检测，常用汉字共计 3500 个，在文章中的覆盖率为 98.5% 以上。

人教版（1987 年）初中语文第二册附录编入《现代汉语常用字表》，其中收录常用汉字 2500 个，次常用汉字 1000 个，它不但规定了常用汉字的字量，而且还说明了每个汉字的字形和字音。人教版（1990 年）高中语文第一册附录编入 1986 年国家语言文字工作委员会《关于重新发表〈简化字总表〉的说明》《简化字总表说明》和第一、二、三表及附录。近年来，还把纠正错别字引入会考、中考和高考的机制之中，这些举措，对于巩固汉字教学成果，产生了极其深远的影响。

然而，尽管国家一再公布汉字规范表，颁发有关正确使用汉字的文件，但在中学生当中，用字不规范的现状实在令人忧虑，如果不切实加以纠正，祖国的文字就会越用越混乱，势必误导信息，影响我们的工作效率和生活质量。

一、目前的现状

我们知道，汉字是由点和线组成的。多一点，少一点，多一横或少一横，都会造成错字。中学生写错字，归纳起来主要有以下几种情况：

第一，多写一点的，如：轨（轨）、染（染）、杂（杂）、吟（吟）、含（含）、念（念）、琴（琴）、贪（贪）、庄（庄）、脏（脏）、庆（庆）、饶（饶）、尧（尧）、晓（晓）、写

（写）、纸（纸）、荒（荒）、望（望）、恭（恭）、宛（冤）、视（视）、达（达）、辟（辟）等。

第二，少写一点的，如：初（初）、袄（袄）、袖（袖）、被（被）、袜（袜）、或（或）、发（发）、拨（拨）、书（书）、球（球）、厌（厌）、压（压）、莽（莽）、抵（抵）、诉（诉）等。

第三，多写一横（或一撇）的，如：长（长）、张（张）、吃（吃）、德（德）、幼（幻）、考（考）、试（试）、式（式）、丧（丧）、暖（暖）、武（武）、县（县）、幸（幸）、驿（驿）、泽（泽）、译（译）、隔（隔）、复（复）等。

第四，少写一横（或一撇）的，如：拜（拜）、湃（湃）、德（德）、练（练）、汔（汽）、柳（柳）、夏（夏）、直（直）、值（值）、具（具）等。

另外，就是音同、音近以及形似字造成的错别字。

社会用字十分混乱，如广告、招牌、商标以及商品说明书等，直接影响学校的语文教学。社会用字主要是随意简化，如：苔（答）、洪（沟）通、贩（购）买、囗（国）家、革令（命）、玑（现）车（在）、朾（检）讨、阺（阶）级、游览（览）、美丽（丽）、力另（量）、伎（使）者、百（面）孔、氿（酒）、蒲（满）意、围圵（墙）、攺（数）学、实驳（验）、宀（宣）传、尸（严）格、欢迎（迎）、电彤（影）、边（道）路、发尸（展）、厡（愿）望、坔（整）齐、兰（篮）球、厡（原）来、彐（雪）花、雳（霞）光、兰（蓝）天、付（副）校长、一奌（点）儿、垔（重）复、仪（信）封、苇（等）到、卂（出）发、苐（第）一、大宑（寨）、比寋（赛）等。

报纸杂志以及电视屏幕中的错别字近年来有增无减。山西省一位名叫金梅的人，编了一本指导高考复习的书，名为《高考语文〈考试说明〉归类解释与强练》，是海洋出版社出版发行的，可能是盗用出版社名，全书有179个错别字，宋代诗人杨万里的《闲居初夏午睡起》，全诗28个字，竟然错了4处："梅子留（流）酸软（溅）齿虎（牙）"，"闲看儿童提（捉）柳花"。山西省编的《语文世界》（1997年第二期第44页）将杜甫的诗句"两（雨）脚如麻未断绝"印错了，《复活》的作者列夫·托尔斯泰，写成了阿·托尔斯泰。这份《语文世界》封面印有"国家语言文字工作委员会主管"字样，这不禁令人哑然失笑。

电视屏幕中的错别字，就更多了，如：狐（弧）步、涉列（猎）、沪（泸）、涌（踊）跃、欧（殴）打、跷（翘）首、家俱（具）、了（瞭）望、了（潦）草、楼堂管（馆）所、刘海栗（粟）、凭拦（栏）处、渊（源）远流长、园（圆）桌、侍侯（候）、圆午（舞）曲、零（凌）晨，等等。

（注：括号里的为正确汉字。）

二、探索学生书写错别字的原因

学生书写错别字。从主观方面讲，有一部分学生认为，写错别字是个人的小事，与别人无关，多一笔，少一笔，无关紧要。不会写，一不问人，二不查字典，粗枝大叶，马马虎虎，对于祖国语言文字的态度不端正，不严肃。从客观方面讲，教师有不可推卸的责任。"老师打喷嚏，学生就感冒"。教师的举止投足对学生有直接的影响。学校的科任教师，除语文教师外，其他教师板书时不注意汉字的正确书写形式，以致影响学生。语文教师一纠正错别字，学生就说，某某老师经常这么写，就你懂得多，真讨厌！作文中一些常用字写错了，反复纠正，学生总是改正不了，这与部分科任教师的负面影响有一定的关系，这是学生写错别字的原因之一。

社会影响也不容忽视。社会一丈浪，学校千尺波。广告用字不规范，产品说明书多用繁体字，张贴的标语用字乱简化，店铺招牌用字随心所欲、狂草乱画，甚至机关单位的牌子上的名称也有错别字，如：××县土地营（管）理局。所有这些，人们天天见，经常看，无形中就会影响学生正确使用汉字，这是学生书写错别字的原因之二。

报纸杂志、电视屏幕是文化知识的传播者，如果经常出现错别字，不仅会误导信息，而且还会造成文字和事实的混乱，有损于电视台及国家出版物的形象，因为报纸杂志和电视屏幕上的错别字如同泼出去的水一样无法收回，这是学生书写错别字的原因之三。还可以举出一些，但主要有这三种情况，应该引起教育主管部门的高度重视。

三、纠正错别字的具体措施

毫无疑问，汉字作为辅助汉语进行交际的重要工具，要正确发挥它的视读符号的职能，必须要有统一的明确的标准。所有使用汉字的人，必须严格遵守这一统一的标准。纠正错别字，是为了提高汉字书写水平，让汉字的交际作用发挥得更好。要纠正中学生书写错别字的问题，必须进行综合治理。

首先，作为语文教师，要加强自身建设，练好基本功。在中学各学科中，突出语文的重要地位。要提高中学生的语文素养，应该从正确使用汉字入手。当然，识字教学是小学语文教学的重点，但是，中学阶段的语文教学不能丝毫放松。为了让学生学会正确掌握规范字形，语文教师要引导学生正确分解汉字字形。汉字字形分为笔画、部件和整字三级。笔画是汉字构造的最小单位，要让学生学会计算每个字的笔画数，掌握笔顺规则。部件是汉字的基本构字单位，介于笔画和整字之间。要让学生学会对部件的逐层分解。整字分为独体字和合体字。独体字只有一个部件，合体字有两个或两个以上部件。要特别注意区分形近部件。只有分清形近部件，才能避免写错用错字。如：爪—瓜、易—昜、未—末、段—叚、臾—叟、夂—夊、衤—礻、阝（在左或在右）—卩（巳）、仓—仑、木—朩、干—千、艮—良、东—东、冈—网、斤—斥、匀—勺、句—旬、己—已—巳、弋—戈等。有时候，构字部件相同，只是组合方式不同，就成为不同的字，如：叨—召、叭—只、加—另、吟—含、吧—邑、旭—旯、晾—景、枷—架，等等。对于常见的同音字也要引导学生加以仔细辨析。如：在—再、厂—场、象—向、坚—艰、绩—迹、克—刻、意—议、曲—屈、带—戴、应—映、已—以、决—绝、须—需、境—竟、代—待、拦—栏、烽—锋、启—起、坐—座、尊—遵，等等。

　　其次是学校各学科之间的相互配合。教师课堂板书、课后批改作业时，必须正确书写汉字。要纠正学生的错别字，先要纠正教师使用的不规范的汉字。作为语文教师当然有义不容辞的责任，其他学科的教师也应当密切配合，大家齐抓共管，持之以恒，那么中学生书写错别字的问题，就会得到解决。

　　最后是制定一些切实可行的法规条例，主要针对现代汉字的正确书写问题。社会各界人士，必须遵照 1956 年国务院公布的《汉字简化方案》、1964 年中国文字改革委员会编制的《简化字总表》、1986 年国家语言文字工作委员会又重新发表《简化字总表》以及 1965 年文化部和中国文字改革委员会公布的《印刷通用汉字字形表》中的规定，正确使用现代汉字。

　　总之，要提高全民族的文化素质，培养跨世纪的一代新人，必须提高中学生的语言文字修养。因此，要把纠正错别字当作头等大事来抓，如同打击假冒伪劣商品那样严肃对待，不断净化中学生学习与生活的环境，为中学生创造良好的社会氛围，进一步加大宣传力度，尽快制订用字法规，建立有效的监督机制，清除文字垃圾，维护汉字尊严，促进汉字朝着健康的方向发展，让汉字更好地为精神文明和物质文明建设服务！

（《中学语文教学》，首都师大。

参加全国中语会语文专业委员会

举办的全国中学语文教师《三老杯》论文大赛三等奖，1997 年 12 月，

有获奖证书。）

引导中学生正确阅读《红楼梦》

一、爱情文学发展的四个阶段

1.《诗经》中的爱情诗章——爱情的初级形态。

《关雎》:"窈窕淑女,君子好逑。"

《静女》:"静女其姝,俟我于城隅。"

2.《孔雀东南飞》——为爱情生死不渝。

刘兰芝"揽裙脱丝履,举身赴清池"的义无反顾;焦仲卿"自挂东南枝",文学史上难得的为爱情而死的男性。

3.王实甫《西厢记》——"愿天下有情人终成眷属"。张生与崔莺莺,才子佳人,一见钟情。

4.《红楼梦》——爱情的高级形态。"厚地高天,堪叹古今情不尽;痴男怨女,可怜风月债难酬"。宝黛之间的爱情基础已不是两性间单纯的外貌吸引,而是林姑娘所说的——彼此为"知己",即由共同的人生理想和志趣产生的心灵默契。

二、曹雪芹与《红楼梦》

曹雪芹生于贵族之家,是曹寅的孙子。

明熹宗天启元年(1621),清努尔哈赤带兵侵占沈阳,明守将贺世贤、尤世功相继战死,曹雪芹的先祖曹世选做了满族的俘虏,他们全家分在多尔衮麾下,入了旗籍,为汉军正白旗包衣人。曹世选之子曹振颜随多尔衮入关征战二十余年,官至大同知府,两浙巡盐御史。这是关系国库收入和民生的要职,又是肥缺。曹振颜长子曹玺曾做过顺治皇帝的侍卫,后以内工部郎中衔出任江宁织造官,负责供应宫廷所用衣料及祭祀、封诰、赏赐所用织物。曹玺长子曹寅,曹寅之子曹颙,三代相继为江宁织造官,前后共计六十余年,曹家为"功名奕世,富贵风流"的显赫之家。再加上曹玺之妻孙夫人(即曹寅的母亲)是玄烨的奶妈(即乳娘),曹寅小时候聪慧过人,跟玄烨一起"伴读",关系十分亲密。曹寅后来又成为当时文学名流,其诗词戏曲,尤为著名。当时,明朝遗儒，大多集居南方，康熙密诏曹寅做好江南的统战工作，曹寅不辜负康熙的嘱咐，主要精力用于联系江南知识分子和汇报江南官场与民情动态。查《关于江宁织造曹家档案史料》，就有200多名知识分子与曹寅有诗文应酬和官场交往。由于曹寅的统战工作搞得十分出色，多次受到康熙皇帝的夸奖，康熙皇帝与曹寅的关系超过了一般的君臣关系，所以整个康熙时期，曹家三代都得到了特别优厚的待遇。康熙南巡六次，四次以江宁织造署为行宫，住在曹家，曹寅亲自迎驾，"把银子都花得淌海水似的"。

早在康熙四十八年，曹寅之女被选入宫中，做了宝亲王的王妃，宝亲王成了乾隆皇帝之后，曹家也就挨上了皇亲国戚的边儿，《红楼梦》里写皇妃元春归省的情节，就是根据这件事而用艺术手法加工成的。

雍正朝，由于宫廷内部的矛盾，雍正皇帝大杀异己，曹雪芹之父曹頫被牵连，以亏损大量公款为罪名，南京的家被查抄。"少年妇女，亦令解衣""宅一封而鸡豚大半饿死，人一出而亲戚不敢藏留"。曹氏全家被遣回北京，曹雪芹之父曹頫被扣押拿办。此时，曹雪芹大概十二三岁。

乾隆朝，庄亲王允禄(乾隆之叔)结党营私，允禄之子乘乾隆秋猎外出的机会，密谋行刺，这一阴谋被揭露后，曹家间接地卷入这一政治漩涡之中，被第二次抄家。从此，曹家彻底衰落，一蹶不振。曹雪芹结束"锦衣纨绔之时，饮甘餍肥之日"，他当时是十六七岁。从乾隆九年(1744)到二十一年(1756)，曹雪芹苦心经营《红楼梦》。

成功的文学作品，离不开作家的身世生平和经历的种种特殊生活以及他们的遭遇。曹雪芹之所以能写出《红楼梦》，正是因为他有特殊的身世和经历。如果他没有特殊的生活经历，要写出这样伟大的文学作品是不可能的。曹雪芹在塑造《红楼梦》的主人公贾宝玉时，融入了自己的某些生活体验，寄托了自己的是非观念，所以在贾宝玉这个人物身上，有作者自己的影子。

乾隆十九年(1754)，《红楼梦》前八十回脂评(脂胭斋——即脂砚斋)手抄本便传开了。其后，曹雪芹还在不断写作，书的后半部分，基本上已经完成，只是因为某种原因，未能传抄行世，后来遗失了，这是难以弥补的重大损失。根据脂砚斋等人的批语和曹雪芹在前八十回的某些暗示，后半部分初稿的大致内容是：林黛玉在处境越来越恶化的情况下，病情日益加重，终至"泪尽而逝"。元春再没能省亲，过早去世。探春远嫁海隅，一去不返。迎春嫁给孙绍祖后被时时"作贱"，一年后死去。史湘云与卫若兰结为夫妇，婚后生活较为美满，但好景不长。惜春出家为尼，"缁衣乞食"。妙玉沦落风尘，香菱被夏金桂害死，王熙凤恶迹败露，"短命"而亡。刘姥姥救了巧姐，巧姐与板儿结为夫妻。花袭人嫁给了蒋玉函，曾接济、照顾生活上处于绝境的宝玉夫妇。贾府经过抄没，一败涂地，许多人被逮入狱。贾宝玉被贾雨村诬告，称他在一首诗里议论了皇上，也一度入狱！茜雪、小红曾到"狱神庙慰宝玉"。宝玉一直思念林黛玉，他的爱情被毁灭了，家庭又败落了，生活陷入空前的困顿，他对所置身的那个社会绝望了，于是弃家为僧。

（八十回以后的故事情节参见 1987 年版 36 集电视连续剧《红楼梦》的结尾部分。）

另一种说法：

乾隆二十八年（1764），曹雪芹的爱子方儿（方儿六岁失去母亲）被痘疹夺去了生命，曹雪芹万分悲痛，每天要到小坟上瞻顾徘徊，伤心流泪，酒也喝得更凶了，虽有友人劝慰，也不能除去他心中的忧伤！曹雪芹秋天得病，这病日重一日，到除夕（1764 年 2 月 1 日），便离开了人世，年仅四十。曹公死后，留下一位继配夫人芳卿和几束文稿，景况十分凄凉。芳卿打算在丈夫百日之后回南方去，烧百日纸那天，芳卿泪珠盈眶，悲痛不已！她说，人已去了，留下这些文稿又有何用？于是，就把曹公写的《红楼梦》后半部分的书稿全部带上，在坟前连同纸钱一起焚烧！这时，曹公的生前好友——高鹗的父亲也来祭奠。他一看，纸钱中还夹杂着文稿，就急忙用衣袖把火扑灭，可是，无情的火焰已经吞噬了文稿的大半，他脱下长衫，将剩下的残稿包裹好，拿到家中。他仔细看时，竟然是《红楼梦》后半部分的书稿，他反复琢磨想补充完整，可惜由于自己文字功底差，实在无能为力。后来儿子高鹗中了举人，用五年时间，将残缺部分补全了。但就文字而言，和前八十回相比，大为逊色。不过有几回，可能是高鹗父亲救下的部分，依然十分精彩，即九十七回"林黛玉焚稿断痴情，薛宝钗出闺成大礼"，九十八回"苦绛珠魂归离恨天，病神瑛泪洒相思地"。但是，高鹗后四十回的续作,对宝黛爱情悲剧的主线写得合乎情理,使故事情节显得较为完整,就这一点,得到了广大读者的认可。

三、欣赏《红楼梦》,先要反复阅读前五回

第一回　甄士隐梦幻识通灵(真事隐去)

　　　　贾雨村风尘怀闺秀(假语从言)

以神话传说"女娲补天""木石前盟"开篇。

青埂峰下——顽石(宝玉)　赤霞宫神瑛侍者

灵河岸上——仙草(黛玉)　绛珠仙草

女娲炼石补天(《淮南子》)

(女娲补天,木石前盟。)

天原来不完整,女娲娘娘炼五彩石以补苍天。女娲补天之时,于大荒无稽崖炼成高十二丈、见方二十四丈的顽石三万六千五百零一块,娲皇只用了三万六千五百块,单单剩下一块未用,弃在青埂峰下。谁知此石自经锻炼之后,灵性已通,自去自来,可大可小;因见众石俱得补天,独自己无才,不得入选,遂自怨自愧。但自己却也落得逍遥自在,各处去游玩,一日来到警幻仙子处,那仙姑知他有些来历,因留他在赤霞宫中,名他为赤霞宫神瑛侍者。他却常在西方灵河岸上行走,看见那灵河岸上三生石畔有棵"绛珠仙草",十分娇娜可爱,遂日以甘露灌溉,这"绛珠草"始得久延岁月。后来既受天地精华,复得甘露滋养,遂脱了草木之胎,幻化人形,修成女体,终日游于"离恨天"外;饥餐"秘情果",渴饮"灌愁水"。只因尚未酬报灌溉之德,故甚至五内郁结着一段缠绵不尽之意,常说"自己受了他雨露之惠我并无此水可还,他若下世为人,我也同去走一遭,但把我一生所有的眼泪还他"。这就是所谓的"还泪之说"。

第二回　贾夫人仙逝扬州城

　　　　冷子兴演说荣国府

交代贾府人物。

《红楼梦》总字 1007000,单字 4462 个。人物 975 个,其中男性 495 人,女性 480 人,与贾府有关的人物 400 多个,人物之多,令人难以尽述。详见《贾府人物关系一览表》。

贾　史

东府宁国公贾演 — (子)贾代化（世袭一等神威将军）

- (子)贾敷
- (子)贾敬（丙辰科进士）
  - (子)贾珍（袭三品爵威烈将军）　(妻)尤氏　(妾)佩凤　偕鸾　文花 → (子)贾蓉（捐龙禁尉）　(妻)秦可卿△　(继配)胡氏
  - (女)惜春△

西府荣国公贾源 — (子)贾代善　(妻)史太君

- (子)贾赦（袭一等将军）　(妻)邢夫人　(妾)迎春母　嫣红　翠云
  - (子)贾琏（捐同知）　(妻)王熙凤△　(妾)平儿　尤二姐　秋桐 → (女)巧姐△
  - (女)迎春△（庶出）
- (子)贾政（工部员外郎）　(妻)王夫人　(妾)赵姨娘　周姨娘
  - (子)贾珠（14岁进学、20岁亡）　(妻)李纨△（金陵名宦李守中之女） → (子)贾兰（130名举人）
  - (女)元春△（正月初一生，凤藻宫尚书、贤德妃）
  - (子)贾宝玉（后40回中举第七名，皇上封为"文妙真人"）　(妻)薛宝钗△
  - (女)探春（庶出）△
  - (子)贾环（庶出）　｝赵姨娘生
- (女)贾敏 → (女)林黛玉△　(夫)林如海（巡盐御史探花出身）
- (侄)史鼎 —— (侄女)史湘云△

王　薛

```
                  ┌ ?  →        ┌ (子)王仁
                  │             └ (女)王熙凤
                  │
                  │ (兄)王子腾    ┌ 京营节度使,升任九省统制
                  │ (出将入相)    └ 后升任大学士,在回京途中病故
王夫人 ┤
                  │             ┌ (子)薛蟠(世袭皇商)
                  │             │  (妻)夏金桂
                  │             │  (妾)香菱(英莲)
                  │ (妹)薛姨妈 ┤    宝蟾
                  │             │
                  │             └ (女)薛宝钗(进京待选才人)
                  │
                  │             ┌ (侄)薛蝌
                  │             │  (妻)邢岫烟
                  └             └ (侄女)薛宝琴
```

注:△为金陵十二钗,外加妙玉。

各房专用奴仆

贾母	鸳鸯 琥珀 珍珠 鹦鹉 翡翠 玻璃 靓儿 傻大姐
邢夫人	秋桐 费婆子
王夫人	金钏 玉钏 彩凤 彩云 绣鸾 绣凤 彩霞 小霞
贾珍	男仆:来升 喜儿 寿儿
尤氏	银碟 万儿
李纨	素云 碧月
贾琏	男仆:隆儿 兴儿 庆儿 住儿 昭儿 来旺 王信
王熙凤	平儿 丰儿 彩明 小红 来旺妇 善姐
元春	抱琴(入宫)
贾宝玉	女仆:袭人 晴雯 麝月 碧痕 秋纹 茜雪 绮霞 檀云 春燕 佳蕙 四儿 坠儿 柳五儿 李嬷嬷 老宋妈 男仆:李贵(李嬷嬷之子) 茗烟(又名焙茗) 扫红 锄药 墨雨 双瑞 王荣 钱升 伴鹤 张若锦 赵亦华
林黛玉	雪雁 紫鹃 春纤
薛宝钗	莺儿 文杏
贾迎春	司棋 绣橘 莲花
贾探春	侍书 翠墨 小蝉
贾惜春	入画 彩屏 彩儿
贾环	男仆:钱槐
赵姨娘	小鹊 小吉祥儿
巧姐	李奶妈
史湘云	翠缕 周奶妈
秦可卿	瑞珠 宝珠
邢岫烟	篆儿
薛姨妈	同喜 同贵
薛宝琴	小螺
夏金桂	宝蟾 小舍儿 香菱(即英莲)

注： 1.表中所列四大家族的奴仆仅是其中的大部分。

2.平儿是贾琏的妾,秋桐后来被贾赦送给贾琏为妾。香菱是薛蟠的妾。

荣府管家及奴仆

赖大	总管,其子赖尚荣,捐官知县
赖大家的	女总管
林之孝	管家,兼管多处田房事务
林之孝家的	女管家,拜王熙凤为干娘
周瑞	管家,负责地租银钱
周瑞家的	王夫人陪房,负责女眷出门事
吴新登	库房总管
吴新登家的	女管家
钱华	钱槐之父,管账
戴良	管仓头目
王善保	管家
王善保家的	邢夫人陪房,司棋外祖母,女管家
金彩	鸳鸯父亲,南京看房子
鲍二	男仆
柳嫂子	厨娘,其女为柳五儿
包勇	男仆
其余男仆	郑好时　金文翔　王兴　张材　赵天栋　赵天梁　来喜　王桂　多官儿　林三　何三　吴贵　秦显

梨香院十二名女"戏子"

龄官　文官　宝官　玉官　荳官　茄官　芳官　蕊官　藕官　葵官　艾官　药官

与贾府关系较密的人物

北静王　甄应嘉　冯紫英　周琼　柳湘莲　贾雨村　甄士隐　冷子兴　张华　蒋玉函

与贾府有关的寺庙

铁槛寺　玄贞观　清虚观　栊翠庵　馒头庵　水月庵　地藏庵　散花寺

宁府管家及奴仆

赖升	即赖二,总管
赖升家的	女管家
乌进孝	黑山村庄头
俞禄	小管家
焦大	老仆
潘又安	男仆

第三回　托内兄如海荐西宾

　　　　接外孙贾母惜孤女

黛玉出场:

介绍小说的典型环境。通过林黛玉进贾府(黛玉的耳闻目睹)对贾府做了第一次描写。

林黛玉来到贾府的原因(原籍姑苏,从扬州来):

黛玉生于破落的贵族世家,祖上袭过列侯。但到她父亲林如海,只能凭科举出身(探花,殿试第三名)当了巡盐御史。母亲贾敏是已故荣国公之孙女,当今史太君贾母之女。林黛玉幼年丧母,体弱多病,父亲又不肯续室,她只好奉父之命,投靠贾府,依傍外祖母。

第四回　薄命女偏逢薄命郎(英莲出场)

　　　　葫芦僧判断葫芦案(宝钗出场)

展开小说的社会背景。通过"葫芦僧判断葫芦案"介绍贾、史、王、薛四大家族的关系。

护官符

贾不假,白玉为堂金作马——贾

(宁国荣国二公之后。)

阿房宫,三百里,住不下金陵一个史——史

(保龄侯尚书令史公之后,金陵史侯家,贾母的侄儿史鼎为忠靖侯。)

东海缺少白玉床,龙王来请金陵王——王

(都太尉统制县伯王公之后,王子腾为京营节度使,升任九省统制,后升任内阁大学士,出将入相,在回京赴任途中病故。)

丰年好大"雪",珍珠如土金如铁——薛

心谷响起的回音

（紫微舍人薛公之后，世袭皇商，专门为朝廷、宫廷购置用物的商人。）

薛宝钗来贾府的原因：

薛宝钗进京待选才人（宫内女官，陪侍公主郡主读书，皇后以下分五等：1.贵妃；2.妃子；3.常在；4.赞善；5.才人。）薛宝钗出身于金陵书香世家。生得肌骨莹润，举止娴雅，知书达理。（她父亲在日，极爱此女，令其读书识字，较之乃兄，竟高十倍；自父亲死后，见哥哥不能安慰母心，她便不以诗书为念，只留心针黹家计等事，好为母亲分忧代劳。）只因皇上崇尚诗礼，征采才能，在世宦名家之中，挑选才人、赞善，宝钗在母亲的陪伴下，由哥哥薛蟠护送，来京待选，因路途耽搁，未能赶上征选日期，只得暂住贾府。

当时薛宝钗十四五岁。

贾宝玉十三四岁。

林黛玉十二三岁。

史湘云十一二岁。

第五回　贾宝玉神游太虚境

警幻仙曲演红楼梦

全书的总纲，通过贾宝玉梦游太虚幻境，采用画册、判词及歌曲的形式，含蓄地交代了人物的命运。

宝玉先看的是《金陵十二钗又副册》，只看了晴雯和袭人。

1.晴雯

晴雯判词："霁月难逢，彩云易散。心比天高，身为下贱。风流灵巧招人怨。寿夭多因诽谤生，多情公子空牵念。"

晴雯是从小买来的，因生得乖巧，被赖大作为礼物献给了贾母。入住大观园后，贾母将晴雯给了宝玉，被撵出贾府后晴雯住在姑舅哥吴贵家（第七十六回）。最为精彩的描写是第三十一回"撕扇子作千金一笑"，撕扇，表现了晴雯的天真可人；第五十二回"勇晴雯病补孔雀裘"，补裘，表现了晴雯的灵巧纯真。（贾母把俄罗斯国的贡品孔雀裘给了宝玉，宝玉不小心，手炉的火星迸出，孔雀裘被烧了一个洞，跑遍京城，名裁缝一不识货，二不敢接手。因感冒发烧在病痛中的晴雯，采用界线法，即纵横织补法，把它补好了！

晴雯死时只有十六岁，和宝玉相与共处五年零八个月。"眉黛烟青,昨犹我画;指环玉冷,今倩谁温？"她不是死,而是被天帝召到白帝宫中去管花,做花神,专管芙蓉花！第七十九回宝玉的祭晴雯词《芙蓉女儿诔》中有:

"其为质则金玉不足喻其贵;

其为体则冰雪不足喻其洁;

其为神则星日不足喻其精;

其为貌则花月不足喻其色。"(风流灵巧)

最能表现晴雯性格的是第七十四回:抄检大观园。晴雯是"大观园"中第一美丽丫鬟,王夫人据此妄断"好好的宝玉叫这蹄子勾引坏了!"又因晴雯全无媚骨,从不献媚讨好谁,遂成恶奴王善保家的眼中钉,肉中刺,必欲除之而后快。她暗下谗言,诋毁中伤晴雯,正像晴雯判词中所说:"风流灵巧招人怨,寿天多因诽谤生!"因此,她成为抄检的首要目标。尽管在这之前,她受到王夫人的训斥、警告,明知自己已身处危境,但面对无理抄检,凭空诬陷,依然表现出毫不妥协的反抗和蔑视:"只见晴雯挽着头发闯进来,豁的一声将箱子掀开,两手捉着底子,朝天往地下尽情一倒,将所有之物都倒出来!"给王善保家的一个"没趣"。一个凛然傲骨,敢怒敢为的勇敢的晴雯形象活现在我们眼前。抄检的结果表明:晴雯清白无辜,正像她在生死离别之际对宝玉所说:"我虽然生的比别人略好些,并没有私情勾引你怎样。"以晴雯的高洁自尊,她是不屑于那些鬼祟下流勾当的。在第七十七回"俏丫鬟抱屈天风流"中,王夫人又亲临大观园,将连遭迫害、重病在身、"四五日米水不曾粘牙,恹恹弱息"的晴雯,残忍地命人"从炕上拖下来""架出去",片刻不许停留,逐出了大观园。孤苦无依的晴雯,不久抱病而亡。宝玉愤恨不解地说:"我究竟不知道晴雯犯了何等滔天大罪!"晴雯是抄检大观园的主要牺牲者之一。"晴雯之死",是我们有幸看到曹雪芹亲笔写下的一个悲剧高潮(仅次于"黛玉之死",但黛玉之死非曹公亲笔)。

抄检大观园的直接后果:

(1)逼死了晴雯、司棋。

(2)赶走了四儿、入画和所有唱戏的女孩子。

(3)促使惜春、芳官、蕊官、藕官等少女选择了葬送青春的出家之路。

（4）宝钗也因避嫌搬出了大观园。

大观园的欢乐美好的生活一去不复返了。从此，故事情节急转直下，悲剧气氛越来越浓，贾府及四大家族，也日渐衰败，异兆悲音，接踵而至：

（1）海棠妖花（第九十四回）（怡红院中的海棠，从晴雯死后就枯萎了，本来三月开花，竟然十一月开花。）

（2）迎春误嫁（第七十九回嫁，一〇九回亡故）（迎春父亲贾赦使用孙绍祖的5000两银子，把迎春用顶账的方式嫁给了中山狼孙绍祖，一年后被折磨致死，死时只有十七岁！）

（3）宝玉疯癫（第九十四回）（先丢玉，贾府用一万两银子悬赏找玉！）

（4）元妃薨逝（第九十五回）（死时只有四十三岁）

（5）黛玉魂归（第九十七回）

（6）贾府被抄（第一〇五回）

（7）鸳鸯殉主（第一一一回）

（8）惜春出家（第一一五回）（削发为尼，沿街乞讨。）

风雨飘摇，群芳凋敝。"悲凉之雾遍被华林"，最后"好一似食尽鸟投林，落了片白茫茫大地真干净"。"抄检大观园"是牵动全书的一个大转折，大波澜，预示着封建家族及封建社会无可挽回的崩溃结局。

2.袭人

（姓花，花袭人。哥哥花自芳。）

袭人判词："枉自温柔和顺，空云似桂如兰；堪羡优伶有福，谁知公子无缘。"

（优伶指蒋玉函。）

贾府丫鬟如云，堪称四大丫鬟的是：鸳鸯（姓金，其父金彩，在南京看房子。）——贾母的贴身丫鬟；袭人——宝玉的首席丫鬟；平儿——凤姐的心腹（从娘家陪嫁过来）；还有晴雯。

贵妃娘娘省亲，将"省亲别墅"赐名"大观园"。

袭人，原名蕊珠，是老太太房中的丫鬟，贵妃娘娘传旨将大观园赏赐给宝玉及众姊妹居住。贾母说，园子大（见方三里半），人手少，怕宝玉害怕，让袭人及晴雯进园子伺候宝玉。《红楼梦》第二十三回有如下描写：

贵妃娘娘省亲回宫，想起"天上人间诸景备"的大观园，自己巡幸之后，贾政必定敬谨封锁，不敢叫人进去，岂不寥落？况且家中现有几个能诗会赋的姊妹，何不命她们进去居住，也不使佳人落魄，花柳无颜。遂命夏太监传谕。夏太监奉娘娘之命，面谕贾政："大观园不必封锁，命宝钗、黛玉等姊妹在园中居住，宝玉也随之进去读书。"宝玉听到这个消息，喜不自胜。正和贾母盘算，忽见丫鬟来说，老爷叫宝玉，宝玉一听顿时变了脸色，拉着贾母死也不去。贾母安慰道："好宝贝，你只管去，有我呢！想是娘娘叫你进园子去住，他吩咐你几句，不过是怕你在里头淘气。他说什么，你听着就是了。"宝玉一步挪不了三寸，慢慢蹭蹭来到王夫人家中。贾政一见宝玉站在眼前，神采飘逸，秀色夺人，不由把平日嫌恶之心，减去了八九分。半晌才嘱咐道："娘娘吩咐，命你和姐妹们在园中读书，你要好生用心，再不安分守常，你可仔细着！"宝玉连连答应几个"是"。王夫人便拉宝玉在身边坐下，摸着他的脖颈道："前儿的丸药都吃完了没有？"宝玉说："还有一丸。"王夫人说："明早再取十丸来，每天临睡的时候，叫袭人服侍你吃了药再睡。"贾政问道："谁叫袭人？"王夫人说是个丫头。贾政道："丫头不拘叫个什么罢了，是谁起这样刁钻的名字？"王夫人便替宝玉掩饰道："是老太太起的。"贾政道："老太太如何晓得这样的话？一定是宝玉。"宝玉见瞒不过，只得起身回道："因素日读诗，曾记得古人有句诗云：'花气袭人知昼暖'（笔者注：陆游诗句，昼亦作"骤"），因这个丫头姓花，便随意起的。"王夫人急忙向宝玉道："你回去改了吧！"贾政道："其实也不妨碍，不用改。只可见宝玉不务正业，专在这些浓词艳诗上做功夫。"说毕，断喝一声："作孽的畜生，还不出去！"王夫人也忙道："去吧！怕老太太等吃饭呢。"

袭人温顺驯服，甘做奴才，并设身处地为主人着想，唯恐不能恪尽职守。宝玉给他取名"袭人"，暗示她无处不在的温柔侵袭，也是生花妙笔之一。袭人得到了主子王夫人的赏识，被内定为宝玉的"姨娘"（即妾）。

再看以下两件事情：

（1）抄检大观园后，宝玉问袭人："咱们私下里说的话太太都知道了，单单挑不出你和麝月、秋纹的不是？"

（2）在宝玉的婚姻大事中起到了举足轻重的作用，提醒王夫人进宫请示贵妃娘娘。

在宝玉的婚姻大事上,贾母的原则是:

(1)从小厮混在一起,脾气合得来的。

(2)模样儿周正,长得俊的。

(3)亲上加亲。

(4)门当户对。

(林如海过世后,贾琏奉命去扬州处理后事,带回来的林家财产,光白银就有三百万两,暂时存放在贾府。当时贾府表面上繁花似锦,实际上入不敷出,已经大量亏空。林家的这些财产让贾府挪用了。①修造大观园用去一百多万两。②元妃省亲用去一百多万两。从贾琏与王熙凤的谈话中得知。发放的月钱,只有黛玉的是从贾母处领取!)

贾母的意思再也明确不过了,那就是黛玉。再看以下两件事情:

(1)黛玉病了,贾母让鸳鸯每天给黛玉送参汤(贡品西洋参)。

(2)当二姑娘迎春的报丧讣文传来,贾母悲痛欲绝,恰当林姑娘病重,紫鹃拿着黛玉吐了血的手帕闯进去让贾母看时,贾母大吃一惊,说林丫头若有个三长两短,我也不活了!

从以上事情可以看出老太太对黛玉的疼爱。

我们再看王夫人与袭人的一段对话:宝玉已过五象(12+5=17),王夫人为宝玉的婚事闷闷不乐。有一天,袭人去找太太说:"自从宝玉搬出园子,又新增了几个丫鬟,她们有些轻狂,宝玉已经大了,如若万一有差错,这二爷的名声要紧,二爷的亲事应该趁早定下来!"太太说:"老太太已经定下了!"袭人问:"是谁?"王夫人道:"还有谁呢,老太太定了四条,我正为这事纳闷!"袭人说:"薛家大爷因打死人,被都察院衙门锁了去,革去了挂在户部的职名,这——不是说宝姑娘待选才人的事不成了吗?若是环哥、二姑娘的终身大事,讨老太太的示下,这宝玉的婚事非别人可比,何不请示娘娘!"王夫人道:"我的儿,你为何不早说!"袭人提醒了王夫人,于是王夫人便大妆进宫请示贵妃娘娘,娘娘传下旨意,赐宝玉与宝钗结成姻缘!

而高鹗的后四十回续书中:

皇上见贾政勤俭谨慎,放任江西粮道。贾政外任要走,宝玉狂颠,贾母找薛大妹妹,要借宝姑娘的金锁压邪,给宝兄弟冲喜,先是凤姐试探宝玉。王熙凤采用"掉包计"瞒天过海,让紫鹃陪侍奄奄一息的林黛玉,让雪雁陪侍新娘宝钗。(怕宝玉疑心,雪雁是黛玉的丫头,从扬州带来的。)

再看曹公笔下的黛玉之死(红学家研究的成果):

本来贾政外任江西粮道,要带宝玉一同前往,又听说北静王爷奉旨视边(西海沿子),贾政故叩请北静王爷带宝玉领略北海烽火,汉关狼烟!让宝玉锻炼锻炼,将来好为国效力。北静王爷向来喜欢宝玉,宝玉也十分乐意去!

宝玉走后,有一天鸳鸯给黛玉送参汤时对紫鹃说:"宝玉要娶亲了!"紫鹃忙问:"是谁?"鸳鸯就指着躺在病榻上的林姑娘说:"就是她——林姑娘!"并说这话只有老太太对她一个人说了,千万不要传给他人。她们的对话让林黛玉听见了。林姑娘一听,病似乎好了大半。有一天,宝钗来看她,她送走宝姑娘之后,让紫鹃去前面玩一会儿,想自己一个人坐在廊上静静心。突然听到雪雁急匆匆地跑过来对紫鹃说:(1)乱套了,乱套了,宝玉在边关遇到敌兵胡骑,被冲散了,生死不明!

(2)贵妃娘娘传下旨意,让宝玉和宝姑娘成亲!

(高鹗的续书中是傻大姐自言自语说出宝玉与宝钗成亲之事,让黛玉听见了!)

我们再看黛玉听到后的反应:如雷轰顶!

(1)口吐鲜血!

(2)焚稿断痴情。

林黛玉的希望彻底破灭了!在宝玉与宝钗拜天地时,黛玉泪尽,魂归离恨天!

宝玉再看到副册,香菱居情榜首位。

香菱判词:"根并荷花一茎香,平生遭际实堪伤;自从两地生孤木,致使香魂返故乡。"

香菱是在小说中出场最早的薄命女,她是一个从官宦小姐沦为奴婢的悲剧人物,有着不幸的悲惨命运。从五岁被拐卖,又被呆霸王薛蟠生拖死拽到家里,终于沦为侍妾,受尽了凌辱。在情榜中香菱居副册首位,可见是相当重要的人物。脂砚斋对香菱有精辟的分析,他说:"细想香菱之为人,根基不让迎、探(迎春、探春),容貌不让凤、秦(凤姐、秦可卿),端庄不让纨、钗(李纨、宝钗),风流不让湘、黛(史湘云、林黛玉),贤惠不让平、袭(平儿、袭人)。所惜者幼年罹祸,命运乖蹇。"后来正妻夏金桂一来,她的命运就更为不堪,很快就被折磨致死了! 薛蟠遭打外出后,香菱住进了大观园陪伴宝钗,有机会接触大观园内这些富于才情的少女们,特别是像林黛玉这样的才女,她萌发了强烈的精神追求。在第四十八回中,写她拜黛玉为师,在黛玉的精心指导下,进步很快。曹公写她学诗,是为了抬高她的身份,增加读者对她的好感。这样当她被折磨致死时,就使悲剧性更加强烈了。

那么香菱学诗,为什么不拜身边的宝钗为师,却要去找黛玉,这也是合乎小说情理的一笔。宝钗博学多才,诗也写得不错,但她并不看重这个,认为"女子无才便是德"。而且,宝钗生性沉稳,不喜欢太麻烦的琐事,所以香菱是不便向她学诗的。黛玉虽然生性孤僻,喜散不喜聚,却也有热情大方的一面。她指导香菱不厌其烦,循循善诱,而且言简意赅,所以香菱才能很快悟入门径。黛玉的这种表现,是她性格中另一侧面的反映。从某种角度讲,黛玉比宝钗其实更容易相处,也更同情弱者。

香菱精华灵秀,悟性极强。学诗时"挖心搜胆,耳不旁听,目不别视",已到了"呆""疯""魔"的程度。原来香菱是一个极富文学气质的人,她早就想学诗了,但苦于没有机会,只好自己弄本旧诗,偷空看两首。进入大观园后,深藏在内心的精神饥渴一下子勃发出来,进园的当晚就去找黛玉,对黛玉说:"我这一进来,也得了空儿,好歹教给我作诗,就是我的造化了!"黛玉笑道:"既要作诗,你就拜我作师,我虽不通,大略也还教得起你。"香菱笑道:"果然这样,我就拜你作师,你可不许腻烦的。"黛玉认为,学诗首先要多读。黛玉让香菱诵读王维的五律诗一百首,杜甫的七言律诗一二百首,李白的七言绝句一二百首,肚子里有了这三个人的诗做底子,然后你再读其他人的作品。其次,黛玉认为,学诗就要学一流的。王维的五言律诗是最好的,除了杜甫,没有人能比得上他;七言律诗,杜甫的诗是最好的,恐怕要找出第二个都不能了,后来的李商隐也还可以。七言绝句,那是不会有人写得过李白的了。这三个人,李白是"诗仙",杜甫是"诗圣",王维是"诗佛",唐代诗歌,成就最高的就是他们三位了,后来白居易取代了王维的位置,如他的《长恨歌》《琵琶行》都是很好的。林黛玉的看法很对,

语文教学篇

要学就学一流的,学到一流的,自己可以成为二流,要是一开始就学二流的,那么自己只能成为二流三流的了。再次,黛玉认为,学诗要大胆创作,敢于想象。她说,初学者看的诗少,措辞不雅,要放开胆子去做,要有想象力才行。因为大胆的想象力可以使极平常的生活景象焕发出奇特的美感,令人耳目为之一新! 黛玉简单明确地提出了作诗的要领,使香菱打消了不少顾虑。然后,黛玉列举名作让香菱阅读,香菱拿了诗回来诸事不顾,只向灯下一首一首地读起来。宝钗连催她数次睡觉,她也不睡。宝钗见她这般苦心,只得随她去了。通过阅读,香菱悟出了一些道理,说"诗的好处,有口里说不出的意思,想来却是逼真的。有似乎无理的,想去竟是有理有情的。"她举了《塞上》(王维《使至塞上》)一首为例说:"'大漠孤烟直,长河落日圆'想来烟如何直? 日自然是圆的,这'直'字似无理,'圆'字似太俗。合上书本一想,倒像见了这景的。若说再找两个字换这两个,竟再找不出两个字来。"又举王维《送邢桂州》中的"日落江湖白,潮来天地青"说:"这'白''青'两个字也似无理。想来,必得这两个字才形容得尽,念在嘴里倒像有几千斤重的一个橄榄似的。"还有王维《辋川闲居赠裴秀才迪》中的"渡头余落日,墟里上孤烟",她说:"这'余'字和'上'字,难为他怎么想来! 我们那年上京来,那日下晚便挽住船,岸上又没有人,只有几棵树,远远的几家人家做晚饭,那个烟竟是青碧连云,谁知我昨日晚上读了这两句,倒像我又到了那个地方去了。"香菱的艺术感受力很高,她读诗眼前就能出现诗中那动人的形象。香菱所体会到的,正是今天已众所周知的艺术辩证规律。在黛玉的热情指导下,香菱学诗终于获得成功。从香菱学诗,可以得到如下启示:

(1)做有心人,提高学习兴趣。

(2)多拜良师,不耻下问。

(3)勤于实践,不怕失败。

宝玉最后看的是正册,依次是:

黛玉(1)　宝钗(2)　元春(3)　探春(4)　湘云(5)　妙玉(6)　迎春(7)　惜春(8)　王熙凤(9)　巧姐(10)　李纨(11)　秦可卿(12)

其次为歌曲。

四、正确理解宝黛爱情悲剧

曹雪芹的《红楼梦》是中国古典小说的巅峰之作,而贾宝玉与林黛玉的爱情悲剧又是全书的主线,是中国古典文学史上描写最生动、表现最成功、意蕴最丰富、影响最深远的爱情故事。"郎才女貌"是我国古代戏曲、小说中常见的才子佳人式的爱情模式,这种建筑在"怜才爱色"基础上的爱情,往往缺乏广泛深刻的思想内涵,而《红楼梦》中宝黛爱情却超越了世俗的功利性,表现为生活理想及自我实现意义的志同道合,表现为不约而同地怀疑传统人生所规约的道路和终极目的。封建社会没落时期的两个叛逆者,在经历了彼此的猜疑、担心、试探、怄气之后,终于互明真心,心心相印了。

宝黛爱情经过三个阶段:即初恋——单纯;热恋——缠绵;成熟——专一。

林黛玉(丫鬟:雪雁、紫鹃、春纤)

林黛玉是大观园中最为光彩照人的女性之一。由于母亲早亡(不久父亲也去世),她投奔外祖母来到荣国府。寄人篱下的生活养成了她多愁善感的性格特点。她不把别人的怜悯和施舍当作自己的幸福,她过分地追求自己的尊严,竟然达到了折磨自己的程度。她对宝玉的爱情也浸透着这种追求的痛苦,不断猜疑、担心、试探、怄气,简直搅碎了她那颗本来就脆弱的心。我们不能责怪她的多愁善感,她的多愁善感里蕴含着一个少女对人性与爱情的执着追求。林黛玉最终是泪尽而逝,她为自己的追求付出了生命的代价。

薛宝钗(丫鬟:莺儿、文杏)

薛宝钗艳丽妩媚,生于金陵皇商世家。由于父亲早逝,哥哥不成材,从小就承担起帮助母亲料理家计的责任。较早地融入并适应了成人社会。她工于心计却显得温柔敦厚,心思缜密却表现得豁然大度。贾母让她点戏,她挑老人喜欢的热闹戏文,博得贾母欢心;薛蟠带回南方特产,她挨门儿送到,不露出谁厚谁薄,连赵姨娘也衷心感激;甚至怀疑她"有心藏奸"的林黛玉后来也把她认作知己。按照封建道德标准来审度,宝姑娘几乎挑不出什么缺点,而且博学有识,是理想的内当家人选,所以当凤姐暂时谢事时,贾府的仲裁者便让她协助李宫裁、贾探春共同理政,表现了他们对这位未来"宝二奶奶"的认可。后来她果然名正言顺地取得了"宝二奶奶"的地位,但是她没有得到宝玉真心诚意的爱情。她的美貌温柔贤淑打动不了封建家族的叛逆者贾宝玉,贾宝玉也不能成为她所期望的"读书明理,安邦治国"的良人。最后宝玉抛下她遁入空门,她也成了封建包办婚姻的殉葬品。

史湘云(丫鬟:翠缕)

史湘云判词:"富贵又何为?襁褓之间父母违;展眼吊斜辉,湘江水逝楚云飞。"

史湘云出身金陵侯门,是贾母娘家的孙女儿,与宝玉是隔房表兄妹。但她出生时家道衰落,不久便父母双亡,寄养在叔婶门下,她是一个具有自卑感的豁达孤儿。她生性开朗,爽直豪放,文思敏捷,憨态可掬。划拳时碰得手碗上的镯子叮当响,喝酒醉卧在芍药裀上任落花撒得满身满头,听到大观园起诗社,便急得什么似的,连她的咬舌子"爱哥哥"(由于咬舌,将"二"叫成"爱")也叫得那么有趣。她也曾劝宝玉去结交士大夫,但给人的印象却是有口无心。跟圆滑世故的宝姑娘和多愁善感的林姑娘比起来,史湘云更让人感到亲切。在潜意识中,她总忘不了自己是个孤儿。史湘云阵发性自卑爆发最厉害的一次(第二十二回),是贾府为宝钗过第一个生日(到贾府的第一个生日)时,贾母出资二十两,贾母喜欢小旦小丑,宝钗点了一出《山门》("没缘法,转眼分离乍;赤条条,来去无牵挂。"),凤姐说:"这龄官扮上活像一个人,你们看看像谁?"宝钗内心知道,却点头不说;宝玉也点了点头儿不敢说。湘云便接口道:"我知道,是像林姐姐的模样儿。"宝玉听了,忙把湘云瞅了一眼,让她不要说。湘云竟然气得要回家,"不再在这里受气"。她具有的孤儿的典型心态有时会不经意间暴露出来,比如一直和宝姑娘住的她,在宝姑娘搬出大观园后并不去找迎、探、惜三春,而是搬到了黛玉的潇湘馆中,就是最明显的表现。中秋夜赏月讲故事(第七十六回),湘云与黛玉没心听,她们便来到了凹晶馆,坐在竹墩子上。湘云劝黛玉要保重身体,并说你我都是"寄人篱下的"。凹晶馆的美丽夜色吸引了她们,于是就吟诗联句,其中最为精彩的两句是:

"寒塘渡鹤影"(湘云)

"冷月葬花魂"(黛玉)

后来湘云嫁得了一个如意郎君,婚后生活幸福美满,但不久丈夫病故,她被卖到船上当歌伎,晚景十分凄凉。

人物姓名	风姿	才学	门第	亲缘	备注
林黛玉	聪慧灵秀 袅娜风流 （多愁善感） 灵秀美	魁夺 《菊花诗》 潇湘妃子 "毫端蕴秀临 霜写，口角噙 香对月吟。" （横绝千古）	姑苏侯门之后 其父林如海， 探花出身，官 至兰台寺大 夫，巡盐御史	其母贾敏为贾 母之女 宝玉姑姑	"木石前盟" 青埂峰下—— 顽石 灵河岸上—— 仙草
薛宝钗	艳丽妩媚 温柔丰腴 （圆滑世故） 华丽美	讽和 《螃蟹咏》 蘅芜君 "眼前道路无 经纬，皮里春 秋空黑黄！" （誉称绝唱）	世袭皇商之家 "丰年好大雪， 珍珠如土金如 铁。" （王子腾为京 营节度使，升 任九省统制）	其母薛姨妈为 王夫人之妹， 王夫人之 兄——王子腾 为宝玉的舅父	金锁引来"金 玉良缘"之说
史湘云	娇憨活泼 开朗豪爽 （有口无心） 天真美	韵和 《海棠诗》 枕霞旧友 "花因喜洁难 寻偶，人为悲 秋易断魂"。 （压倒群芳）	金陵史侯家千 金，其叔父为 忠靖侯——史 鼎"阿房宫三 百里，住不下 金陵一个史。"	其父贾母侄 儿，宝玉表叔。 贾母娘家之孙 女儿	金麒麟引来 "金玉良缘"之 说
共同之处	倾国倾城貌	锦心绣口 慧心灵气	门当户对	亲上加亲	

注："才学"见《红楼梦》第三十七、三十八回。

　　林黛玉、薛宝钗、史湘云都是宝玉的表姐妹，她们既有倾国倾城之貌，又有慧心灵气之才华，与宝玉结成婚姻都是"亲上加亲""门当户对"，她们三人都有资格成为宝玉的婚姻对象。

　　贾宝玉最初对爱情游移不定，向来是"心里有林妹妹，但见了宝姐姐，就把林妹妹忘了"。宝玉爱黛玉，但遇着温柔丰腴的宝姐姐和爽朗洒脱的史湘云，他又炫目动情，感情确乎不定。由于宝钗和史湘云的存在，他"进退两难"，确实有过迷惘，但经过艰难的抉择，最后终于确定了自己的心上人！宝钗经常规劝宝玉追求功名利禄，治国安邦，是发自内心的一种呼喊；湘云也曾劝说宝玉要热心仕途，结交官宦，谈论经济学问，但她有口无心。但是林姑娘，从来不说仕途经济这些"混账话"，要是林姑娘说这些，"我早就和她生分了"！可是宝黛二人的感情，首先是以共同的叛逆思想作为基础，其次是彼此互相尊重，互为"知己"。《红楼梦》第三十一回、第三十二回"诉肺腑"中，宝玉终于向黛玉倾吐了积聚已久的肺腑之言，"诉肺腑"是宝黛爱情成熟的标志。

总之，宝黛爱情不仅仅是两性间单纯的外貌吸引，而是共同的人生理想和志趣演绎的心灵默契。

我们欣赏《红楼梦》，要紧紧抓住前五回，充分认识贾、史、王、薛四大家族的兴衰过程和封建家族内部尔虞我诈的争斗以及封建伦理道理、礼制法规的虚伪。由于作者具有特殊的家庭出身和独特的生活感受，因此在塑造贾宝玉和林黛玉这样的艺术形象时，寄托了自己的生活理想，反映了争取男女平等和婚姻自主的民主主义思想，这一民主性的内容，在当时起到了推动社会向前发展的进步作用。书中有一些封建贵族骄奢淫逸生活的描写，对于我们青年学生来说，要加以批判，剔除其封建性的糟粕，吸取其民主性的精华。

《红楼梦》是一部具有高度思想性和高度艺术性的经典作品。曹雪芹把众多的人物塑造得惟妙惟肖，呼之欲出。把宝黛爱情描写得那么自然，那么真切，那么深沉，这在中国文学史上是绝无仅有的，贾宝玉与林黛玉成了不朽的艺术典型。

在情节结构上，《红楼梦》宏大而又完整，使众多人物活动于同一空间和时间，故事情节的推移具有整体性。每一个场景，每一个事件，都写得那么逼真动人，写得那么细致入微，真是令人拍案叫绝！

在语言上，它代表了我国小说语言的艺术高峰。作者用三言两语就能勾画出一个活生生的具有鲜明个性特征的人物形象。叙述语言十分精当，诗词曲赋与叙事融为一体，达到了高度统一。

总之，《红楼梦》这部伟大的现实主义文学作品，来源于生活，但又超越生活。无论在思想内容和艺术技巧上都具有崭新的面貌，具有永久的艺术魅力！我们要充分体会曹雪芹笔底的波澜，笔端的风云！借鉴在人物形象塑造、故事情节编织和语言艺术运用等方面的高超技巧，提高我们的鉴赏能力与写作水平！

《红楼梦》专题讲座
2007 年 4 月 13 日于电教室

语文的归类复习

如何指导学生复习好语文,参加高考? 这些年来,我是着重抓了以下三个环节:

第一,基础知识的归类复习。总复习一开始,就将考纲中规定的中学生应该掌握的基本知识分门别类,让学生对学过的知识有一个整体性认识。语文基础知识包括现代汉语基础知识、古代汉语基础知识、写作基础知识和文学常识。在复习每一部分基础知识时,都编有相应的练习题与之配合。

第二,基本篇目的归类复习。复习考纲中规定的基本课文,意在提高学生阅读现代文和浅显文言文的能力。把高中课本中的基本课文,按照文体归类。如记叙文,着重复习记叙文段落的划分、中心思想的归纳;议论文,着重复习议论文的基本要素、结构方式和论证方法;说明文,着重复习说明文的主要特点和说明方法;文言文,着重复习文言文的断句标点,直译、意译和今译的基本方法以及领会文章的主要观点等。

第三,综合测试。这个阶段包括两项内容。其一,结合高中语文课本,编六套练习题,每册一套,进行测试评估。其二,综合语文课本中涉及的基础知识,出十套题进行测试,每套题还配有不同类型的作文练习题。测试后,进行试卷分析,对于薄弱环节重点反复练习。

(《陇南报》,1991 年 6 月 19 日)

我用比较法教宋词二首

苏轼和辛弃疾是宋代词坛上的明星。《念奴娇·赤壁怀古》和《永遇乐·京口北固亭怀古》（高中语文第六册）能较好地体现这两位豪放派大师的艺术风格。

首先从思想性方面来比较。《念奴娇·赤壁怀古》是苏轼谪居黄州漫游赤壁时写的千古绝唱。他深感年岁渐高，功业未就，借周瑜在赤壁之战中为国建功立业的壮举，来抒发自己抱负不能实现的忧愤心情。但由于作者宦海沉浮，仕途坎坷，理想与现实之间的矛盾无法解脱，因而在词的结尾处流露出"人生如梦"的感叹，情调较为低沉。而辛弃疾在镇江知府任上所作的《永遇乐·京口北固亭怀古》，体现了作者坚决主张抗金的正确思想，同时反对韩侂胄轻敌冒进的错误做法，展示出作者老当益壮的战斗意志。辛词能集中表现抗金报国这一重大主题，把词的思想性提高到了爱国主义的高度。从二位词人所处的时代看，辛词的思想性要比苏词更高一些。

其次从词的意境方面来比较。苏轼的《念奴娇·赤壁怀古》，通过描绘赤壁壮丽的景色，塑造了一位栩栩如生的古代英雄人物。作者写周瑜的"雄姿英发"，潇洒文雅，指挥若定，则是用来表达自己对叱咤风云的英雄人物的仰慕之情。而辛弃疾的《永遇乐·京口北固亭怀古》，则塑造了一系列的英雄人物。写孙权，是希望南宋王朝要有孙权的胆略，来抵抗入侵者；写刘裕，是希望南宋当权者要有刘裕那样的雄心，来收复中原；写廉颇，意在表明自己虽已年近古稀，但壮志不减当年，仍有效命疆场，杀敌报国的雄心。

再次从词的风格方面来比较。苏词，豪放中略带感伤色彩；辛词，豪放中带有悲壮气氛。苏轼写《念奴娇·赤壁怀古》时已经四十七岁，当他想到周瑜在二十多岁时就干出了惊天动地的大事业，而自己却未有建树，反而被贬谪黄州，相比之下，不禁感伤不已。面对壮丽的江山，英雄的业

心谷响起的回音

绩激发起他奋发向上的进取精神，但也加深了他的矛盾心理，"人生如梦，一尊还酹江月"，貌似超脱，实际上表现出作者的无可奈何，从而给这首词染上了感伤色彩。而辛弃疾南归后，坚决主张抗战，屡遭主和派的排斥和打击，他把忧国忧民的满腔悲愤化作悲壮的歌唱，通过登临怀古来抒发对现实政治的感慨，"想当年，金戈铁马，气吞万里如虎"的战斗英姿；看如今，"凭谁问：廉颇老矣，尚能饭否"的爱国情怀，形成了辛词特有的慷慨激昂的悲壮美。

最后从词的语言方面来比较。在语言上苏轼和辛弃疾都善于用典，他们的词都具有清新自然的语言特色。苏词在"大江东去"的浩歌声中，语言显得淳朴自然；辛词在"千古江山"的歌唱中，用典较多，前人有"掉书袋"之说。然而用典过多，使词难免晦涩难懂，韵味也就相对减少了许多。

总之，苏辛二位词人是宋代词坛上的革新旗手，苏轼是豪放派的开创者，辛弃疾则是继承者，他们对词的发展做出了不可磨灭的贡献。

通过比较，拓宽了学生的思路，激发了学生欣赏宋词的兴趣，收到了比较好的教学效果。

（《教学月刊》，1997 年第 9 期）

《浙江教育学院》主办，全国中等教育核心期刊。

语文教学篇

异曲同工　各尽其妙
——试谈《多收了三五斗》与《春蚕》的异同

三十年代初期,由于帝国主义疯狂的经济侵略和国民党反动派的黑暗统治,致使中国农村经济完全陷于破产。在描写农村"丰收成灾"的短篇小说中,叶圣陶的《多收了三五斗》和茅盾的《春蚕》颇具代表性。这两篇优秀的作品都以夺取丰收为艺术构思的重点。

首先,《多收了三五斗》着重描写丰收之后,通过"米行粜米""街市购货""船上议论"三个群众性场面,揭示了丰收成灾的根源和农民反抗思想的萌芽过程。而《春蚕》着力描写老通宝一家及全村的蚕事活动,重点放在夺取丰收的辛苦上。老通宝一家忍饥熬夜,竭尽全力为之奋斗,希望丰收,而最后希望破灭,丰收成灾,说明在半封建半殖民地的旧中国,走传统的勤俭发家的道路是行不通的。

其次,《多收了三五斗》刻画的是"旧毡帽朋友"的艺术群像。没有一个有名有姓的人物,故事没有完整的情节,通过简练的笔墨和传神的语言,把一群旧毡帽朋友的音容笑貌和感情波澜,表现得非常逼真。而《春蚕》中有名有姓的人物较多,故事情节完整,以典型的环境、真实的细节和细致的心理描写,主要塑造了勤劳、善良而又迷信、固执的老一代农民老通宝和勤劳热情、乐于助人、富有朝气的新一代青年农民阿多的形象。人物形象惟妙惟肖,跃然纸上。

再次,《多收了三五斗》的结尾别致有力。以报载地主、资本家的嚷嚷和农民的各种悲惨处境相对照,讽刺效果强烈。而《春蚕》的结尾简明利落,丰收的希望、期待、紧张不安的心理表现得细腻,这就和丰收成灾的结局形成了强烈的对比,产生出人意料、发人深省的艺术效果。

最后,《多收了三五斗》的结构别具一格。以一群"旧毡帽朋友"一天的活动为线索,围绕粜米这一中心事件,描写了三个场面,展现出农民从希望到愤懑的思想变化过程。而《春蚕》的结构中,蚕农的"希望"是贯穿始终的线索,各章的情节随着"希望"的变化而起伏跌宕,曲折有致。

（《少年文史报》,1988 年 6 月 16 日）

浓墨淡彩　风姿各异

——《荷花淀》和《党员登记表》比较谈

孙犁的《荷花淀》(高中语文第二册)和峻青的《党员登记表》(高中语文第五册)都是描写革命战争年代生活的作品,可是这两篇小说的艺术风格却有很大差异,《荷花淀》清新、隽永,《党员登记表》粗犷、悲壮。

在题材选择上,《荷花淀》没有正面渲染斗争的严酷,着重描写抗日战争时期普通人的气质以及那个时代普通人的思想情绪。《党员登记表》则是正面描写流血牺牲,着重表现斗争的残酷性。

在情节结构上,《荷花淀》没有曲折的故事情节引人入胜,却以轻松明快的笔调,围绕人物性格的塑造布局谋篇。夫妻话别的深沉,敌我遭遇的紧张,打扫战场的热烈,构成了和谐的节奏美。既蕴藏着生活的诗意,又有散文的韵味,像白洋淀的荷花一样,以它醉人的清香吸引读者。

《党员登记表》以完整的故事情节,雄浑、悲壮的场面搏动读者的心弦。黄淑英的英雄形象,是通过"党员登记表"这条线索,围绕"寻表""藏表""传表""交表"和"读表"表现出来的。她厝年轻的生命,为党保存了革命火种。就义前,我们看到的是她那视死如归的浩然正气和无私的奉献精神,全篇洋溢着慷慨激昂的气氛。

在人物塑造上,《荷花淀》用抒情的方式,白描的手法,通过人物的动作与对话,表现人物优美纯真的感情世界。当水生嫂听到丈夫明天要到部队去时,编席的手指竟然震动了一下,被眉苇子划破了。但她随即"将手指放到嘴里吮了一下"。正是这个细微传神的动作,把她不忍心与丈夫离别,但又能克制自己的复杂感情刻画得淋漓尽致。从"夫妻话别"中,我们可以感受到水生嫂内心的柔情与性格上的刚毅。水生嫂的内心世界,跃动着的不只是中国妇女的传统美德,还有抗日根据地妇女特有的时代风采。在以水生嫂为代表的青年妇女身上,那至真至切的人情美和深厚的爱国主义情怀令人衷心敬佩。

《党员登记表》着重塑造了气壮山河的英雄形象。黄淑英刚出场时

"变得多么可怕的面貌"；对老赵被捕时神秘暗示的思索分析，对周围环境的观察判断时的神态；就义前对妈妈的微笑以及就义时铿锵有力的话语，给人昂扬豪壮之感。黄淑英宁死不屈的斗争姿影，大义凛然的牺牲精神使人经久难忘。

在景物描写上，《荷花淀》通过秀丽的景物描写，表现了人物的感情，做到了情景相融。作品开头，水生嫂"月下编席"，描绘了一派和平恬静的水乡风光。正在编席的水生嫂像坐在"一片洁白的雪地上"，又像坐在"一片洁白的云彩上"的一位圣洁仙女，与皓洁的明月，徐徐的清风，薄薄的雾霭和袭人的荷香浑然一体，构成了梦幻般的世界。作者还运用浪漫主义的手法，描写了正午的荷花淀：天，万里无云；水，像无边跳荡的水银，那"迎着阳光舒展开的无边的密密层层的大荷叶"就像"铜墙铁壁"一样，而"粉色的荷花箭高高地挺出来"，竟幻化出是"监视白洋淀的哨兵"的奇妙形象。战斗的场地，本应该是森严可怕的，但在作者笔下，却充满了革命乐观主义情趣，好像荷花和人一样严阵以待！

《党员登记表》的景物描写，为故事情节的发展和人物性格的形成提供了最恰当的环境和气氛。作品开头对暴风雪的描写，不仅交代了故事发生的时间、地点，而且烘托了斗争环境的严酷，有利于刻画人物的性格。黄淑英就义前的景物，则是银妆世界，一片雪白，不仅预示着冰消雪融，春暖花开的光明前景，而且烘托了黄淑英为革命勇于献身的美好心灵。胜利到来时，南风阵阵吹拂，河水泛起涟漪，山野间一片嫩绿，则更加烘托出了胜利的欢乐气氛。

（《少年文史报》，1990 年 6 月 18 日）

《果树园》与《分马》比较谈

1942 年 5 月，中国共产党在延安举行了文艺座谈会，毛泽东在会上作了著名的《在延安文艺座谈会上的讲话》的报告。会后，丁玲以满腔的政治热情，创作了《太阳照在桑干河上》，周立波认真深入生活，写成了《暴风骤雨》，这两部长篇小说都是以解放区的土改运动为题材的。1948 年出版后，震动了文坛，并荣获 1951 年度斯大林文学奖。

标题含义　标题是文章的"眉目"，它关系到一篇文章的精神、格调与色彩。这两部小说的标题，形象地概括了作品的思想意义，在一定程度上表达了作品的主题。《太阳照在桑干河上》——党的阳光照亮了桑干河两岸的广大农村，伟大的土改运动使农民获得了翻身解放。《暴风骤雨》——党领导的土改运动，其势如暴风骤雨，使农村发生了翻天覆地的变化。

描写内容　《果树园》节选自《太阳照在桑干河上》，作者以欢快的笔触描写了暖水屯翻身农民在李子俊的果园里摘果子的喜悦心情以及地主对农民翻身的仇恨。《分马》节选自《暴风骤雨》，通过元茂屯农民"分马"和"换马"的具体事件的描写，表现出了农民翻身的欢欣，反映出他们自身思想中集体主义与个人主义的矛盾和在这种矛盾斗争中先进农民的成长。《果树园》和《分马》是这两部优秀作品中最精彩的片断，既能独立成篇，又能分别体现这两部小说的思想意义和艺术特色。

景物描写与场面描写　《果树园》用蕴含作者强烈的主观感情的叙述性语言来描写景物，抒情色彩浓郁。"果园晨色"一节，自然环境的明快色彩与人物翻身做主的心情十分协调，富有诗情画意，做到了情景交融。而《分马》，则以分马为中心事件，以郭全海为中心人物，主要描写了"分马"与"换马"两个热烈生动的场面，人物形象具体，有声有色。

心理描写与细节描写　《果树园》用细腻的心理描写来揭示人物内心的波澜。如通过李子俊女人外柔内狠的性格特征的描写，揭示了地主阶级被推翻后采取种种伪装手段来掩饰对农民仇视的心理。《分马》则善于渲染气氛,作者描写了两个细节:一个是老孙头骑马摔跤,另一个是李毛驴要驴不要马。通过绘声绘色的细节描写,把翻身农民欢快热烈的气氛渲染得真切动人。

对比手法与人物形象 《果树园》巧妙地运用对比手法,增强了作品的艺术感染力,扩大了作品的思想容量。如景物对比,以果园的静与动,近与远,反映了果树园景色的千变万化,充满生机。景与人的对比,将果树园明丽的景色与李子俊女人的阴暗心理做对比。人与人的对比,翻身农民扬眉吐气与地主婆的咬牙切齿做对比。人物自身的对比,过去的李宝堂沉默寡言,而现在的李宝堂爱说爱笑;李子俊女人表面的平和和怯弱与内心的阴险狡猾。《分马》则着力刻画了具有鲜明性格的人物形象。如郭全海的精明能干,大公无私。老孙头淳朴、诙谐,爱说大话而又胆子小,对人热情而又私心颇重。这些人物被刻画得栩栩如生,呼之欲出。

语言风格 《果树园》的语言民族化、大众化,简练而精细,明晰而畅达,语言风格成熟。《分马》吸取了东北农民的口语,泥土气息浓厚,富有地方色彩。

(《少年文史报》,1998 年 8 月 25 日)

心谷响起的回音

小议《我的老师》与《藤野先生》

魏巍于 1956 年 9 月写的《我的老师》，是回忆他 1928—1930 年在郑州城东门外一所平民小学读书时的蔡芸芝老师的。鲁迅先生于 1926 年 10 月写的《藤野先生》是回忆他 1904—1906 年在日本仙台学医时的老师藤野严九郎的。

在魏巍心目中，蔡老师是一位温柔、慈爱的人。作者通过对她的深切怀念，阐述了要做一个合格的老师，不仅要有好的教学方法，而且要有"一颗热爱儿童的心"。鲁迅心中的藤野先生，是一位正直、热忱的人。作者通过对他深沉的怀念，赞颂了藤野先生生活俭朴、严于治学、毫无民族偏见的高尚品德。

这两篇题材相同的回忆性散文，通过传神的细节描写，寓深意于平凡之中，使老师的形象栩栩如生、光彩照人。《我的老师》中，"仅仅有一次，她的教鞭好像要落下来，我用石板一迎，教鞭轻轻地敲在石板上，大伙笑了，她也笑了。"蔡老师举起教鞭却又轻轻落下，揭示了蔡老师内心的美，说明了蔡老师有一颗热爱学生的心，把她爱孩子的神态表现得十分逼真。《藤野先生》中的藤野先生，对"我"耐心辅导，订正"我"抄的讲义，当"我拿下来打开看时……都用红笔添改过了，不但增加了许多脱漏的地方，连文法的错误也都一一订正"。纠正"我"画的心血管图，"你看，你将这条血管移了一点位置了，自然，这样一移，的确比较好看些，然而解剖图不是美术，实物是那么样的，我们没法改换它。现在我给你改好了，以后你要全照着黑板上那样画"。这些细节，体现了他治学严谨、没有民族偏见的高尚美德。

（《少年文史报》，1990 年 8 月 13 日）

两篇《海燕》的比较阅读

在中学语文课本中,编选了高尔基的《海燕》和郑振铎的《海燕》。我们对这两篇作品比较阅读,不仅能加深理解作品内容,而且有助于提高阅读兴趣。

两篇课文虽同名,但由于作家所处的环境不同,掌握的材料不同,抒发的情感不同,因而各自采用了不同的描写手法和表现形式。

时代背景　高尔基的《海燕》写于 1901 年。当时欧洲的工业危机,蔓延到了俄国,俄国革命风起云涌,动摇了沙皇的残酷统治,高尔基结合当时革命斗争的形势,写下了短篇小说《春天的旋律》,《海燕》就是它的末尾一章。而郑振铎的《海燕》写于 1927 年。"四·一二"大屠杀后,白色恐怖笼罩着全中国,郑振铎被迫离开祖国,远走欧洲,航行海上,看到自由飞翔的海燕,勾起了他的绵绵乡愁。于是便写下了《海燕》一文。

表现手法　高尔基的《海燕》用散文的形式来表现抒情诗的内容,既有诗的意境,又有诗的节奏和诗的旋律。并且运用象征的手法,塑造了"海燕"的光辉形象,鼓舞人们迎接革命风暴的到来。而郑振铎的《海燕》是一篇托物言志的抒情散文,作者通过状物抒情,来抒发爱恋故国故土的深厚感情。

结构安排　高尔基的《海燕》按海面景象的发展变化描绘了三幅画面。第一幅是暴风雨将要来临的景象。如海鸥、海鸭、企鹅的呻吟、飞蹿、恐惧、躲藏与海燕那高傲的飞翔、欢乐的叫喊,形成鲜明的对比,突出了海燕的英勇、乐观。第二幅是暴风雨越来越迫近的景象。写海浪与狂风搏斗的场面,以壮阔的背景来衬托海燕的战斗雄姿。第三幅是暴风雨就要到来的景象。写风、云、雷、电一齐出动,以此来烘托海燕那号召战斗的豪迈激昂,振奋人心。海燕的光辉形象,通过这三幅画面,得到了逐步完整。而郑振铎的《海燕》同样描绘了三幅图画。第一幅是春雨飞燕图。在微风细雨中,花草树木烂漫无比,小燕子自由自在地飞翔着。第二幅是阳春飞燕图。小燕子在"旷亮无比的天空"斜飞。第三幅是海上飞燕图。海燕在

"皎洁无比的蔚蓝"的天空和"皎洁无比的蔚蓝"的海上斜掠。第一、二幅描绘的是家乡的燕子,第三幅描绘的是海燕。画面色调明朗清新,背景辽远开阔。把燕子放在不同的背景中,刻画其不同的情态,海上燕亦是故乡燕,故乡燕活泼可爱,海上燕英勇无比。既有粗线条的勾勒,又有精雕细刻的描绘,三幅画面联成一体,构成了寓意丰厚而又飘逸隽永的意境。

语 言 特 色　高尔基的《海燕》,文笔粗犷,语言刚劲,听来悦耳,读来顺口,音韵和谐,感情激越澎湃,海燕的形象塑造得十分逼真。而郑振铎的《海燕》,文笔细腻,语言优美,燕子的形象,写得精彩传神,背景色彩绚丽,感情深沉,热烈的爱恋祖国、爱恋故土的深情洋溢于字里行间。

(《少年文史报》,1991 年 7 月 24 日)

诗文鉴赏

陇南山水少陵诗
——读杜甫的《万古仇池穴》

　　唐肃宗乾元二年(759年)秋,关内大旱,杜甫抛弃了华州司功参军的官职,举家迁徙。当时陇南也在闹饥荒,他在荒山寒峡之间跋涉,过着负薪采栗的艰苦生活。杜甫在秦州期间,写下了许多歌咏当地山川风物的壮丽诗篇,《万古仇池穴》便是其中的一首。

万古仇池穴,

潜通小有天。

神鱼今不见,

福地语真传。

近接西南境,

长怀十九泉。

何时一茅屋,

送老白云边。

　　首联"万古仇池穴,潜通小有天",看似平淡,实则每个字都千锤百炼,含蕴却极为丰富。仇池,即仇池山,又因山上有平地百顷,也叫百顷山。山形如复壶,四面陡绝,盘道可登。山上有池,池水可以煮盐。"小有天",山西阳城西南王屋山洞,周围甚广,道家号称其为"小有清虚之天",为所谓三十六洞天之一,简称"小有天"。把"仇池"比作"小有天",可见此地环境幽静。这两句写出了仇池穴年代的久远和迷人的景色。

　　第二联"神鱼今不见,福地语真传",表达了诗人对仇池的喜爱。相传仇池穴出神鱼,食之可以成仙。现在仇池穴的神鱼已经见不到了,但这"福地"动人的故事还真实地流传着。

　　第三联"近接西南境,长怀十九泉",这两句写出了仇池山的地理位置和十九眼泉水。幽居此地,既有百顷良田,又有潺潺泉流,可以引水灌田,不为大旱所迫驱,确实是一个养老送终的好地方!

心谷响起的回音

"何时一茅屋,送老白云边。"由第三联自然引出了末联的热切希望:何时能在仇池山盖上一座茅屋,度过自己的晚年呢? 用"何时"作诘问语气,把久聚心中的愿望表达得更加强烈,不但使结尾余意不尽,而且与诗之开头相呼应。

总之,全诗转折过渡自然,千古胜景配上优美的神话传说,结合得水乳交融;语言明白如话,清新朴素;诗人通过歌咏仇池,寄寓了他对未来美好生活的憧憬。

(《少年文史报》,1988 年 2 月 8 日)

青泥古道怀诗圣

——读杜甫《泥功山》诗

青泥岭，在陇南徽县南，为唐代入蜀要道。此地峰峦万仞，高插云天；时云时雨，变幻莫测；道路泥泞，曲折回旋。因行人过岭常常陷入泥潭中，所以叫做青泥岭，又名泥功山。"青泥何盘盘，百步九折萦岩峦"，这是诗仙李白在《蜀道难》中对青泥岭的描绘。唐肃宗乾元二年十二月一日，杜甫携带妻子儿女从同谷（今陇南成县）赴四川时，对青泥岭也做了绘声绘色的描写，为后人留下了脍炙人口的诗篇《泥功山》：

> 朝行青泥上，
>
> 暮在青泥中。
>
> 泥泞非一时，
>
> 版筑劳人功。
>
> 不畏道途远，
>
> 乃将泪没同。
>
> 白马为铁骊，
>
> 小儿成老翁。
>
> 哀猿透却坠，
>
> 死鹿力所穷。
>
> 寄语北来人，
>
> 后来莫匆匆。

这首诗，既没有惊人之语，也没有奇险之笔，诗人用通俗的语言真实地抒写了自己过青泥岭的所见所闻、所思所感。

"朝行青泥上，暮在青泥中"，意思是早晨行走在青泥岭上，傍晚还在青泥岭行走，青泥岭多么漫长！"泥泞非一时，版筑劳人功。""一时"，出自《国语·周语上》，即"一季"。"版筑"，筑墙用两板夹，置土其中，用杵筑之，叫做版筑。"人功"，也作"人工"，即人力，晋陶渊明饮酒诗之十五有"贫居乏人工"句。"劳人功"，即使人力疲劳。以上四句写出了青泥岭峰路萦回和泥泞路滑以及陇南山民特有的筑墙习俗。

"不畏道途远,乃将汩没同",这两句抒写了诗人深沉的情感,为了新的生活希望,不怕路途遥远,也不怕沦陷在泥浆之中。以下两句,通过"白马"与"铁骊","小儿"和"老翁"的鲜明对照,写出了青泥岭的难走。"白马为铁骊,小儿成老翁",意思是那白马被泥浆所污,染成青黑色;走路轻捷的小孩子在青泥岭就像老头子一样步履蹒跚。行文至此,诗人笔锋一转,用行动敏捷的猿猴和奔鹿过青泥岭的情景来衬托人行其上的艰难。"哀猿透却坠,死鹿力所穷","透",犹跳。出自《南史·后妃传》:"妃知不免,乃透井死。"那猿猴想跳过悬崖,反而跌落在泥浆之中,那奔鹿因为力气耗尽而死在泥浆里。猿哀啼,使人耳不忍闻;鹿惨死,令人目不忍睹!这是多么凄惨的场景啊!

"寄语北来人,后来莫匆匆",诗的最后两句是杜老发自心灵深处的呼喊,反复咏唱,字字情真,诗的主题也由此而升华。

总之,全诗立足生活真实,由己及人,自然天成,毫无斧凿之痕迹。

今天,我们重读《泥功山》,缅怀诗圣,沉思良久:千年蜀道已成为坦途,而世居青泥岭下的陇南人,正在寻找一条光明的路!

(《少年文史报》,1988 年 3 月 31 日)

古镇龙门觅诗魂

——杜甫《龙门镇》浅说

安史之乱的第四年(公元 759 年),杜甫弃官西行,过着颠沛流离的困苦生活。他携带全家,夜宿晓行,风尘仆仆,从秦州赶到同谷(今成县)龙门镇。诗人看到了龙门连峰接天的险绝,听到了远戍士卒思乡的哀泣,把心中深沉的忧虑,悲怆的情感,抒发于笔端,吟成《龙门镇》一诗,表达自己爱国忧民的心声。

> 细泉兼轻冰,
> 沮洳栈道湿。
> 不辞辛苦行,
> 迫此短景急。
> 石门云雪隘,
> 古镇峰峦集。
> 旌竿暮惨澹,
> 风水白刃涩。
> 胡马屯成皋,
> 防虞此何及?
> 嗟尔远戍人,
> 山寒夜中泣。

开首四句描写旅途的艰辛和栈道的惊险。"细泉兼轻冰,沮洳栈道湿。不辞辛苦行,迫此短景急。""轻冰",即薄冰。"短景",即日影。杜甫一家沿着低洼的河谷辗转跋涉,冬日的栈道已凝结了一层薄冰,再加上山泉淙淙溅泻,滑湿难走,暮霭沉沉,他们不辞辛苦来到了峰峦密集的龙门古镇。

"石门云雪隘,古镇峰峦集。""石门",指龙门。"古镇",指龙门镇。古镇龙门,四山旋拱,奇峰并峙,峥嵘崔嵬;云烟缭绕,白雪皑皑,形势险要。这两句描绘龙门奇险,为下文定下了一个凄凉惨淡的基调。"白刃",利刀。暮色苍茫中,军营门前的旌旗暗淡无色;风雨侵蚀后,士卒手中的刀枪冷涩不利。安史之乱爆发后,唐王朝把河西、陇右的军队调出平叛,吐蕃趁西北边防空虚,一举占据了廓州(今青海化隆)、岷州(今甘肃岷县)等地。唐王朝防不胜防,想凭借龙门天险,驻兵设防,来阻挡吐蕃从岷州内侵。可是,防兵军容不雄壮,刀枪又钝涩,怎能抵御吐蕃的进犯?这两句,暗含着杜甫对骄奢淫逸的统治者的批判。

"胡马屯成皋,防虞此何及?""胡马",安史叛军多为胡人,故称"胡马"。"成皋",在今河南荥阳县汜水镇,这里泛指河南西部一带。这两句是说,朝廷在龙门驻防,距离安史叛军遥远,防兵于此有何用处?安史之乱,使社会经济遭到严重破坏,大唐帝国从此一蹶不振,由繁盛走向衰落。杜甫经历了安史战乱,目睹了哀鸿遍野、民不聊生的惨相,他渴望国家统一,反对藩镇割据,主张应该集中兵力平叛。然而,杜甫当时未能看到统治集团内部矛盾重重,唐王朝顾此失彼,已经到了无能为力的地步。

诗的卒章两句,是对"远戍人"的同情。"嗟尔远戍人,山寒夜中泣。""远戍人",指守在龙门镇的士卒。爱国心,忧民情,致使诗人的心情难以平静,无法成眠。夜半,在万籁俱寂的寒山中,隐约听到思乡士卒的悲泣声。

全诗用朴素精纯的语言,抒发了诗人内心的愤懑,反映了诗人身处逆境而心忧天下的博大胸怀,体现了诗人爱国忧民的沉痛心情。

(《陇南报》,1988 年 4 月 29 日)

溪壑为我回春姿

——杜甫《同谷七歌》之六浅析

唐肃宗乾元二年(759)十一月,杜甫寓居同谷(今陇南成县),全家人贫病交迫,冻饿难忍。年近半百的诗人,整日跟随着饲养猕猴的狙公,跋涉于深山密林中,拣拾橡栗来充饥。在这样困窘的日子里,诗人并没有停止歌唱,而是将自己对大自然独到的观察和深刻的感受,熔铸在他的诗中,《同谷七歌》之六,便是其中之一。

> 南有龙兮在山湫,
> 古木巃嵸枝相樛。
> 木叶黄落龙正蛰,
> 蝮蛇东来水上游。
> 我行怪此安敢出,
> 拔剑欲斩且复休。
> 呜呼六歌兮歌思迟,
> 溪壑为我回春姿。

开首两句:"南有龙兮在山湫,古木巃嵸枝相樛。""湫",深潭。同谷县南七里有龙峡,峡旁有潭,名叫万丈潭,相传有龙自潭中飞腾而出。这两句是说,同谷县南的山中有蛟龙,藏在万丈深潭,四周林木丛集,枝条向下弯曲,垂到水面上。诗人首先交代了蛟龙生活的具体环境,为下文写蛇埋下了伏笔。

中间四句:"木叶黄落龙正蛰,蝮蛇东来水上游。我行怪此安敢出,拔剑欲斩且复休。""蛰",动物冬眠。蝮蛇,别名"草上飞",头呈三角形,颈细,背灰褐色,两侧各有一行黑褐色圆斑,腹灰褐,生有黑色斑点。你看,树叶黄了,纷纷飘落下来,那蛟龙正在蛰伏,而蝮蛇却从潭东而来,漫游在平静的水面上。奇怪的是"我"来到潭边,它竟敢出来,"我"想立即拔出宝剑斩了它,但又罢休了!为何没有斩蛇?笔者认为:诗人看到蛇,情不自禁地想到了始制文字,首作八卦,教人耕种、捕鱼、驯养家畜"以充庖厨",

发明琴瑟弹奏之音乐，制定婚姻嫁娶之制度的万世文明的始祖伏羲,不也是人面"蛇身"吗？蛇,小龙也。俗称蛇为"龙亲"。诗人虽然忍饥挨饿,奔走于穷山荒谷,但在万物凋零之时,看到"神蛇",不也是吉祥、喜庆的象征吗？诗人的这种联想,既有真实感,又富有浪漫主义色彩。

结尾两句,曲尽意明。"呜呼六歌兮歌思迟,溪壑为我回春姿！""歌思",即歌意。"回春姿",回放春光,带有春意的样子。诗人唱完了曲折舒缓的第六支歌,顿觉神清气爽,犹如春回大地,沉浸在绿色的梦幻里,好像山溪、谷壑为他舞弄着春姿！

细斟慢酌这首诗,"看似平常实奇崛"。诗人仔细观察事物,用高超的艺术手法,将深潭蛟龙,山林溪壑,龙蛰蛇游,高度地统一起来,表达了诗人在干戈乱离之中,向往和平宁静生活的喜悦心情。

(《少年文史报》,1989 年 7 月 24 日)

山圆细路高

——杜甫的《山寺》赏析

唐代大诗人杜甫,在乾元二年(公元759年)秋,弃官西行,寓居幽僻的东柯谷(今天水县南五十里)其侄杜佐的草堂,游览麦积山,写下了《山寺》一诗,出色地描绘了麦积山的优美景色:

> 野寺残僧少,
>
> 山圆细路高。
>
> 麝香眠石竹,
>
> 鹦鹉啄金桃。
>
> 乱水通人过,
>
> 悬崖置屋牢。
>
> 上方重阁晚,
>
> 百里见秋毫。

首联:"野寺残僧少,山圆细路高。""野寺",即山寺,指麦积山石窟。"山圆",麦积山的形状如圆形的麦垛。"细路高",麦积山高出地面一百四十多米,有小道由山下曲折盘旋而上,故曰"细路高"。诗人先写眼前近景:麦积山寺剩下不多的僧人;再写野寺远景:麦积山的形状和曲折盘旋的小道。由近及远,天然工巧,十分精绝。

颔联:"麝香眠石竹,鹦鹉啄金桃。""麝香",鸟名,即麝香鸟。"石竹",草名,叶似小竹叶而细窄,也有节,开红白小花如钱,常植于庭院以供观赏。"鹦鹉",鸟名,因其舌柔软,经训练能效仿人发音。成语有"鹦鹉学舌"。"金桃",即黄桃。秋季成熟,大如鹅卵,皮薄肉甜。你看,那麝香也许是啼叫困乏了,正在石竹丛中闭上眼睛睡觉;色彩美丽的鹦鹉呢?它在桃树上津津有味地啄食那黄澄澄的蜜桃。一个"眠",写出了麝香鸟的疲倦;一个"啄",写出了鹦鹉的贪馋。此联不但对仗工整,而且色彩明丽。虽值秋季,但字里行间跃动着春天的旋律,给人心理上一种愉悦的美感。

颈联:"乱水通人过,悬崖置屋牢。""乱水",麦积山下水流纵横。游人

116

登上麦积山,要通过山峡上纵横流淌的涓涓溪流。"悬崖"句,仇兆鳌引《玉堂闲话》云:"麦积山,梯空架险而上,其间千房万室,悬空蹴虚,即'悬崖置屋牢'也。"这两句写出了麦积山的险峻和诗人的兴致。

尾联:"上方重阁晚,百里见秋毫。""上方",即地势最高之处。这里指麦积山顶。"重阁",重重叠叠的殿阁。"秋毫",鸟兽之毛,到秋天更生,细而小,谓之秋毫,常用来比喻事物的细微。接近傍晚,诗人登上了麦积山,看到了山顶上重重叠叠的楼阁台榭,山寺的长老就住在那里。凭槛远眺,那百里远的景物尽收眼底!

这首五言律诗,每句都是一幅色彩绚丽的图画,真可谓"诗中有画"!综览全诗,不但格调清新,对仗工整,而且描摹景物近景远景相互配合,使全诗的意境明丽悠远,读之令人赏心悦目。

(《少年文史报》,1988 年 12 月 5 日)

东柯好崖谷

——读杜甫的《秦州杂诗》之十六

唐肃宗乾元二年（759），即安史之乱的第四年，杜甫因生活所迫，满怀无比的愁苦和谋生的幻想，携带妻子儿女辗转跋涉，历尽艰辛，来到秦州（即甘肃天水市）。在秦州期间，写下了许多歌咏秦地山川风物的壮丽诗篇，《东柯好崖谷》便是其中之一。

> 东柯好崖谷，
>
> 不与众峰群。
>
> 落日邀双鸟，
>
> 晴天卷片云。
>
> 野人矜绝险，
>
> 水竹会平分。
>
> 采药吾将老，
>
> 儿童末遣闻。

这首五言律诗，是杜甫初到东柯谷（即今天水市东南五十里的柳家河村，侄儿杜佐在此住家）时所作。诗人用平易流畅的语言，抒发了真挚的情感。

首联："东柯好崖谷，不与众峰群。"东柯谷是一个东西走向的河谷地带，村后的山峦"不与众峰"会合，犹如一道屏障护卫着居住在山下的人家。首联平平叙述，从容承接，写出了东柯谷特有的自然环境。

颔联："落日邀双鸟，晴天卷片云。"如果说一二句平平，那么三四句则峰回路转，别有意境。读了这两句，使人自然而然地想起田园诗人陶渊明《饮酒》诗中的佳句"山气日夕佳，飞鸟相与还"。傍晚的东柯谷一片寂静，晚霞夕照，山色更加秀丽，那双双回巢的飞鸟，好像是被落日的余晖招来了似的。白天呢，蓝蓝的天空，白云悠悠，另是一番景象！多么惬意啊，色彩又是多么鲜明啊！

颈联："野人矜绝险，水竹会平分。""野人"，乡野之人，即农夫。"平

118

分"，是共同分享的意思。东柯谷层峦叠翠，连绵险绝。淙淙流淌的河水环绕着村庄，绿雾蒙蒙的竹林掩映着农舍。诗人被这宁静幽雅的环境所吸引，毅然决定寄寓在这片古老的土地上，和乡野之人共同分享这里的山光水色。

尾联："采药吾将老，儿童未遣闻。"杜甫亲历安史战乱，目睹哀鸿遍野的惨状，由于旅途的艰辛、疲惫的身躯得到了休息，创伤的心灵得到了抚慰，因此，萌生了长住东柯，靠采药送终的幻想。在诗人的想象中，比青山绿水更为美好的是上山采药的劳动美，待到白发苍苍，儿童们哪里知道"我"是异乡之客呢！

总之，诗人既善于捕捉生活形象，又善于摄取大自然的美好景致，把崖谷与众峰，落日与双鸟，晴天与片云，水竹与野人，药老与儿童，高度和谐地统一起来，构成了一幅东柯谷所特有的美丽画卷，字里行间无不渗透着诗人对东柯谷绮丽风光的由衷喜爱和对生活的美好遐想，不但感情自然逼真，而且以景衬情，清新隽永，富有浓郁的生活气息。读了这首诗，从中领悟到的是一种浓郁的自然美，美的自然。

（《少年文史报》，1991 年 8 月 5 日）

流泉·老树·秋花·溪风

——读杜甫的《秦州杂诗》之十二

唐肃宗乾元二年(759),关内大旱,从春至秋,点雨未降,杜甫难以养活家小,便弃官西行,度关陇,客秦州(即今甘肃天水)。在秦州期间,尽管生活困苦,但仍然没有停止歌唱。他用五律形式写下了一组歌咏秦地风光的瑰丽诗篇,《山头南郭寺》便是其中之一。

> 山头南郭寺,
> 水号北流泉。
> 老树空庭得,
> 清渠一邑传。
> 秋花危石底,
> 晚景卧钟边。
> 俛仰悲身世,
> 溪风为飒然。

这首五言律诗,抒写诗人在秋天的傍晚游览南郭寺的情景。用笔轻灵,描写朴实,袒露内心世界真切自然。

"山头南郭寺,水号北流泉。"首联开门见山,着墨淡淡,点明了南郭寺的位置,说明了"北流泉"的名称。南郭寺是一组巍峨的古典建筑群,位于天水城郊藉河南岸的慧音山坳。诗中的"山头",指的就是慧音山。"北流泉",在南郭寺东山门悬山顶观音殿前。泉水清冽,水味甘美。令人称绝的是大雨滂沱时,水位下降;天旱无雨时,水位上升。因泉水从南向北流淌,故名"北流泉"。

"老树空庭得,清渠一邑传。"颔联写的是"老树"与"清渠"。"老树"——一株千年古柏,生长在宽阔宏大的天王殿内。古柏苍劲挺拔,虬枝揽云,绿荫遮天;清渠流水玲玲淙淙,宛若一曲含蓄而又深情的山歌。诗人神情如醉,昔日的风雨与艰辛,今日的迷离与险阻,顿时忘却了,尽情地享受着大自然赐予的欢乐与宁静,字里行间洋溢着对秦州景物的爱慕之情。

"秋花危石底,晚景卧钟连。"那漫山开放的野花,红黄蓝紫,星星点点;夕阳透过重重叠叠的枝丫间,在卧钟边落下斑驳细碎的日影。当然,秋花不如春花那样绚丽,夕阳不如朝阳那样灿烂。对于秋天,诗人自然比别人敏感。颈联通过对"秋花""晚景"的描绘,为结句直抒胸臆、表达忧伤难遣的心绪做了有力的铺垫。

　　"俛仰悲身世,溪风为飒然。"(俛同俯)诗的尾联,是诗人内心世界的独白。在幽静清凉的古寺中,诗人仰视古柏丰姿,俯观清泉碧流,山崖下秋花临风开放,卧钟边夕阳点点斑斑,诗人感到自然界的万物各得其所,唯独自己身世飘零,行路艰难,他感到顺着山溪吹来的飒飒秋风,也在为自己的坎坷命运而悲戚!

　　全诗通过对南郭寺流泉,老树,秋花,溪风的描写,抒发了诗人寂寥哀伤的心情和流落他乡的感慨。

(《少年文史报》,1992 年 8 月 20 日)

语文教学篇

疏笔淡墨写真情

——读归有光的《寒花葬志》

　　婢，魏孺人媵也。嘉靖丁酉五月四日死，葬虚丘。事我而不卒，命也夫！

　　婢初媵时，年十岁，垂双鬟，曳深绿布裳。一日，天寒，爇火煮荸荠熟，婢削之盈瓯。予入自外，取食之；婢持去，不与。魏孺人笑之。孺人每令婢倚几旁饭，即饭，目眶冉冉动。孺人又指予以为笑。

　　回思是时，奄忽便已十年。吁！可悲也已！

——明·归有光《寒花葬志》

　　《寒花葬志》是明代著名作家归有光写的一篇回忆往事、哀悼婢女寒花的记事散文。全文只有 112 个字，通过寒花生前的三件生活小事，加以点染，一个天真无邪、充满稚气的小姑娘的形象便惟妙惟肖地呈现在读者面前。

　　全文共分三段。第一段开头几句，交代了寒花的身份，离世的时间以及安葬的地点，最后一句，则是作者对寒花不幸早亡的哀叹。

　　第二段是文章的主体。寒花是跟随作者妻子魏孺人陪嫁过来的婢女，而针对这个婢女，如何着墨呢？作者并没有写寒花侍奉自己如何顺从，而是采撷了最能表现寒花性格特征的一些生活琐事：初来时的打扮，削荸荠时的动作，吃饭时的神态，极细致地描绘出了人物的精神状态。十岁的寒花，垂着双鬟，拖着深绿色的长布裙，由于不明白自己的身份与地位，"予入自外""取食"荸荠，寒花"持去，不与"；每次吃饭时，魏孺人"令婢倚几旁饭"，寒花的眼睛忽闪忽闪地转动着，似乎她的心中蕴藏着无限的奥秘！顽皮的动作，传神的眼睛，尤其是"目眶冉冉动"一句，具有画龙点睛之妙，令人心神愉悦，由衷地感到作者艺术手法的高超。

　　第三段，说明此文的写作时间。

　　真挚的感情是艺术作品产生感人力量的主要原因。《寒花葬志》虽然表现的是作者对婢女的怀念之情,但却十分真挚。不论描写她的神态,还是描写她的动作,语言朴质洁净,寥寥几笔,如行云流水般自然,没有任何浮夸虚假、故意做作的痕迹,我们从作者的笔触中,深深地感受到了那真诚、含蓄、悲伤的感情细流,像潺潺山溪那样,流淌在字里行间。读后,给人留下了一个清晰的形象,一股凄楚的感觉,真可谓"疏笔淡墨写真情"啊!

(《少年文史报》,1990 年 5 月 7 日)

语文教学篇

文化常识

一字妥帖　全篇生辉

　　文章有无文采,与选用词语的准确、形象与否有着极大的关系。往往是"一字妥帖,全篇生辉"。因此,杰出的语言大师们,无不呕心沥血地寻找最确切、最恰当、最形象的字眼来表情达意。

　　东晋田园诗人陶渊明《饮酒》诗中的"采菊东篱下,悠然见南山",历来为人们所称赏。诗人摆脱了官场的束缚,离开了喧嚣的尘世,过着隐居躬耕的闲适生活。他在东篱下采菊的时候,无意中抬起头来,南山的美好景致,自然地映入眼帘,一个"见"字,把人与物融为一体了。正如苏轼所说:"因采菊而见山,境与意会,此句最有妙处。"如果改用"看"或"望",就不能表达出完美和谐的意境。

　　"红杏枝头春意闹",是宋代宋祁《玉楼春》中的诗句。一个"闹"字,不但带来了春天的气息,而且使人感到春意盎然。假若改用"叫"或"笑",就难以表达出热烈而平和的气氛。

　　清代文学巨匠曹雪芹,在《红楼梦》里描写刘姥姥吃鸽蛋,"这里的鸡儿也俊,下的这蛋也小巧,怪俊的。我且得一个儿"。不说其他的,就说"我且得一个儿"的"得",也不是信手可得的,"得"是享受、享用,即有享享口福的意思,如若用"吃",那就不能恰如其分地表达出刘姥姥吃鸽蛋时兴冲冲的神态。

　　文化革命的先驱鲁迅先生在《无题》中有"怒向刀丛觅小诗"的诗句。原稿是"怒向刀边觅小诗",后来经过再三推敲,才将"刀边"改为"刀丛",一个"丛"字,充分显示出敌人杀戮的疯狂与残酷。

　　当代著名诗人臧克家的《老马》诗中有"眼里飘来一道鞭影"的诗句。一个"飘"字,说明老马一直没有松劲地拉车,但仍然不能逃脱被鞭打的命运。这个"飘"字,是诗人经过千锤百炼凝铸出来的。如若改用"又",就显得平板,缺乏形象性了。

综上所述，"见""闹""得""丛""飘"，这些都是可感的浮雕似的语言，完全达到了"字立纸上"的艺术高度。所以，选词造语，在于准确、形象，不在于辞藻的华丽。词汇的海洋是无比辽阔的，每个词都有具体的含义。因此，写文章时，要反复体味，仔细揣摩，寻觅最准确、最形象的词语，来反映丰富多彩的生活。

（《少年文史报》，1989 年 2 月 2 日）

为"她"正名

　　"她"诞生于 1920 年,是我国著名语言学家刘半农先生创造的。"她"的职责是做女性第三人称代词。

　　"她"越来越忙了,也越来越"红"了。"她"指代女性,这是无可非议的。但是,在一些报纸杂志中,"她"不仅称党、祖国、首都、革命圣地,而且称长城、黄河、大海、森林、花草、鸟兽、宾馆、村镇。更令人费解的是在一些广告中,"她"还指电视机、电冰箱、洗衣机等家用电器。

　　现代汉语里,"他""她""它"分工十分明确。"他",指男性第三人称;"她",指女性第三人称;"它",不指人而指事物。

　　在人们的生活中,每人每天都离不开"他""她""它"。弄清"他""她""它"的具体分工与专门职责,有利于我们的生活和工作。

(《陇南报》,1989 年 2 月 1 日)

心尖响起的回音

何谓"博喻"

刘向《说苑》里讲了这么一个故事：

有一天，梁王召见惠子说道："希望先生说话直截了当，不要用比喻。"惠子说："有一个不知道什么是弹的人，说'弹的形状像什么呀？'回答说：'弹的形状像弹。'那么能听明白吗？"梁王说："听不明白。"惠子说道："于是改变了说法道：'弹的形状像弓却是用竹做弦的。'那么能听明白吗？"梁王说："可以听明白了。"惠子接着说："善于说话的人，本来就用熟悉的事物来比喻陌生的事物，从而让人家知道它。今天您说不要用比喻，那么话就讲不清楚了。"梁王听了，无言以对，只得点头称是。

比喻是古今诗文中广为采用的修辞手法，新颖、生动、形象的比喻，能使人们在丰富的联想中，领略到所喻事物的美。

然而，修辞学上所说的"博喻"就是一口气用很多比喻来说明同一事物，即运用比喻多角度地描绘同一事物的修辞手法。

苏轼任徐州知州时，游览了徐州城东南二里的百步洪。他为了渲染洪波湍急的壮观景象，在《百步洪》(见高语六册)诗中连用了七个比喻："有如兔走鹰隼落，骏马下注千丈坡，断弦离柱箭脱手，飞电过隙珠翻荷。"形容水波有如狡兔的疾走，恰似鹰隼的猛落，仿佛骏马奔下千丈险坡。描写船在波涛上，如断弦离柱，似飞箭脱手；如飞电过隙，似荷叶上跳跃的水珠，光怪陆离。这七个比喻，不但新颖贴切，而且声势夺人，把水波势猛和船在波涛上动荡之情形容得淋漓尽致，读之，令人身历其境。

白居易被贬为江州司马时所写的《琵琶行》(见高语六册)中，描写沦落天涯的琵琶女弹奏琵琶，运用了一连串的比喻，来描写有声无形，过耳即逝的音乐："大弦嘈嘈如急雨，小弦切切如私语。嘈嘈切切错杂弹，大珠小珠落玉盘。间关莺语花底滑，幽咽泉流冰下难。冰泉冷涩弦凝绝，凝绝不通声渐歇。别有幽情暗恨生，此时无声胜有声。银瓶乍破水浆迸，铁骑突出刀枪鸣。曲终收拨当心画，四弦一声如裂帛。"诗人以"急雨"声，来比粗弦沉重洪响，节拍急促；以"私语"声，来比细弦轻幽细碎，委婉缠绵；以

"珠落玉盘"声,来比乐曲的错落有致,清脆圆润;以鸟鸣声来比乐曲的悠扬婉转,悦耳动听;以"冰下""泉流"声,来比乐曲的低沉滞涩,如泣如诉;以"银瓶乍破"水浆迸溅声和"铁骑突出"刀枪齐鸣声,来比乐曲的激越、雄壮。"曲终收拨",以"裂帛"声来比喻四根弦发出的一个最强音,高亢短促,非同凡响。如此形象贴切的比喻,是建立在丰富的音乐知识基础上的。诗人不仅以读者熟悉的种种声音来形容读者生疏的琵琶声,同时还调动了人们的听觉和视觉,把抽象的东西变成具体的形象,从而激发读者丰富的联想。更为重要的是,运用博喻,多角度地描绘千变万化的音乐,不但展现了琵琶女起伏回荡的心潮,而且给人无限的美感。

(《少年文史报》,1989 年 6 月 19 日)

心谷响起的回音

"风雅颂"与"赋比兴"

　　"风雅颂"与"赋比兴"是《诗经》的六义。《诗经》是我国最早的诗歌总集,相传为孔子所编定。本称《诗》《诗三百》,后世才称之为《诗经》。现存诗歌305篇,大抵是周初至春秋中叶五百多年间的作品。"风雅颂"是指《诗经》的三种文体。"风",即十五国风,是流传在各地的民间歌谣,共160篇。"雅"是朝廷演奏的音乐,分《大雅》和《小雅》,共105篇。"颂",是赞歌,即宗庙演唱的祭乐,共40篇。《国风》和《小雅》中的部分作品,以现实主义的创作方法,鞭挞了统治者对人民的残酷剥削,同时也赞美了劳动,歌唱了忠贞不渝的爱情,是《诗经》中的精华。

　　"赋比兴",是《诗经》的三种表现手法。"赋","敷陈其事而直言之者也",即铺叙陈述。如《小雅·采薇》中的"昔我往矣,杨柳依依;今我来思,雨雪霏霏"。由于景与情的直接描绘,表现出了征人归思之切和痛定思痛的哀情。"比",即比喻。如《国风·硕鼠》(高语五册)中的"硕鼠硕鼠,无食我黍"。把统治者比作大老鼠,人物形象刻画得十分逼真。"兴","先言他物,以引起所咏之物",即起兴,诗的开头不直说,先说别的事物,通过联想引起要说的事物。如《周南·关雎》(初语六册)中的"关关雎鸠,在河之洲"是起兴,引出"窈窕淑女,君子好逑"的咏唱。诗人用雎鸠鸟的和鸣,联想到男女之间的爱情。

　　总之,《诗经》语言朴素,描写生动,比喻贴切,联想自然,富有艺术感染力。它标志着我国诗歌创作的成熟,为后世诗歌的发展奠定了基础,是我国历代诗人学习诗歌的第一部优秀教材。

(《少年文史报》,1990年9月6日)

漫话唐诗的四个时期

　　唐代诗歌成就辉煌,清代曹寅主编的《全唐诗》,收录唐诗48900余首。中学语文涉及唐代作家30余人,被选入课文的唐诗就有60多首。论诗者根据唐诗的发展线索,把唐诗分为四个时期,即初唐、盛唐、中唐和晚唐。

　　初唐,从公元618年到713年,大约经历了100年。号称初唐四杰的王勃、杨炯、卢照邻和骆宾王,在诗歌内容和意境上比六朝迈进了一大步。他们的主要贡献是发展了七言歌行体,对五言律诗和七言律诗的定型起了极其重要的作用。当时陈子昂主张写诗不但要反映现实,而且要言之有物,并以其创作实践给诗坛带来了蓬勃生机。

　　盛唐,从公元713年到766年,共50年。这时社会经济繁荣兴盛,诗坛题材广泛,而且风格多样,诗歌创作达到了高峰,形成了我国古典诗歌的黄金时代。从安史之乱(公元755年)起,唐王朝由盛转衰,黎民百姓苦难深重,诗人们身临其境,写出了许多反映现实生活的佳作。李白与杜甫代表了浪漫主义和现实主义艺术传统的最高成就。李白的诗歌豪放飘逸,主要反映的是开元盛世;杜甫忧国忧民的诗篇,是安史之乱前后唐代社会的一面镜子,被誉为划时代的"诗史"。当时诗坛上还出现了善于描写山水田园风光的诗人王维、孟浩然和以写边塞生活知名的高适、岑参等。

　　中唐,从公元766年到836年,这70年,安史之乱已经平息,唐王朝一度出现了"中兴"局面。白居易继承了杜甫的现实主义传统,为国为民大声疾呼,和元稹共同创造了新乐府诗体。韩愈以文为诗,独树一帜,与其诗风接近的有孟郊等人。刘禹锡、柳宗元、李贺各放异彩,使中唐诗坛呈现出一派繁荣景象。

　　晚唐,从公元836年到906年,共70年。唐王朝的统治摇摇欲坠,唐诗却"夕阳无限好"。诗坛上出现了不少有影响的诗人。有和杜甫同为唐诗七律之冠的李商隐,有晚唐现实主义诗人的代表杜荀鹤,有继李白、王昌龄之后写出优秀七绝诗的杜牧,他们的诗各具特色,是唐末社会现实的真实写照。

(《少年文史报》,1996年5月13日)

话说"标点符号"

　　我国古籍里没有标点符号，写文章的不标点，当时也无标点，而让读者自己去断句，常常弄得文义不明，歧义迭出。"五四"运动前夕，我国先进的知识分子，主动吸收外国的先进事物，于是，标点符号也被逐步吸收进来了。引进标点符号功绩最大的要数王炳耀、陈望道、胡适诸先生。新中国成立后，中央人民政府出版总署整理并公布了《标点符号用法》共十四种。这就使我国标点符号系统更加充实、更趋完善了，对促进我国科学文化教育事业的发展，产生了积极作用。

　　现在，标点符号已成为我国现代书面语言的有机组成部分，是书面语言不可缺少的辅助工具。它能帮助人们确切地表达自己的思想感情和理解别人的语言。正确使用标点符号，能够标出思想，摆正词与词之间、句子与句子之间的相互关系，可以使声调准确，语言简洁流畅，使文章清晰明朗。如果滥用标点符号，就会使语言松散，甚至语意相反，使文章杂乱无章。

一、标点符号的重要性

　　据说，十九世纪法国著名作家雨果将《悲惨世界》的手稿寄给出版社后，过了一段时间不见书出版，他就给出版社写了一封信。在信中他只写了一个"？"，很快就收到一封回信，信里也只有一个"！"。不久，轰动文坛的《悲惨世界》便与读者见面了。雨果和出版社的通讯大意是："文稿收到了没有？阁下的意见如何？""您好！阁下的杰作马上就出版！"然而他们不用文字，只用了两个标点符号，就彼此心领神会，此事，不能不叫人拍案称绝！

　　我上学读书的时候，听过语文老师讲过一个有趣的故事：有一位教授写了一句话让学生们点标点，这句话是："女人如果没有了男人就恐慌了。"结果，女生的答案是："女人如果没有了，男人就恐慌了！"而男生的答案是："女人如果没有了男人，就恐慌了！"这说明标点符号使用的不同会使同样的文字出现不同的意思，收到不同的效果，足见标点符号作用之大！

伟大的文学巨匠鲁迅先生，在他的小说《故乡》里有这么两段话：

我这时很兴奋，但不知道怎么说才好，只是说：

"阿！闰土哥，——你来了？……"

……

他站住了，脸上现出欢喜和凄凉的神情；动着嘴唇，却没有作声。他的态度终于恭敬起来了，分明地叫道：

"老爷！……"

在这两段话里，鲁迅先生精确地使用了九种标点符号，就把当时人物的激动、窘迫和惊喜交集的感情，充分地表达出来了。这就说明了鲁迅先生在文学创作过程中应用标点符号认真严肃的态度。

标点符号在书面语言里很重要。因此，我们必须正确地运用它。

二、标点符号的发展

标点符号随着语言发展的需要而产生，并随着语言的发展而发展。

（一）波浪号的产生（〰〰）

鲁迅、叶圣陶在创作过程中，创造出一种奇特的标点符号，因为形似波浪，所以我们把它称之为"波浪号"。

鲁迅在《从百草园到三味书屋》里有这么一段话：

……只有他还大声朗读着：

铁如意，指挥倜傥，一座皆惊呢〰〰；金叵罗，颠倒淋漓噫，千杯未醉嗬〰〰……

叶圣陶先生在《夜》中有这么一段话：

大男倒不理睬，喉咙却张得更大了，喳〰〰妈妈呀〰〰妈妈呀〰〰

从以上两段话里，我们可以看出波浪号既可以表示语言中抑扬顿挫的特殊现象，也可以表示某种声音的波浪式的延续。如果在文艺作品中遇到这样的特殊情况，用波浪号"〰〰"来做符号上的表示，既形象又明确，而且是破折号"——"与省略号"……"等标点符号所不能代表的。

该标点符号随着语言文字和标点符号的发展，现在已不再被使用。

（二）"！？""？！"的用法

感叹号和问号，问号和感叹号连在一起的格式，可以说是标点符号

心谷响起的回音

的又一种新用法。有人认为,一句话不可能既是问话,又是感叹语气的话,这两个符号连在一起用是不必要的。但是鲁迅先生在小说《狂人日记》中写道:

我便问他,"吃人的事,对么?"……

"不对?他们何以竟吃?!"

鲁迅把问号与感叹号连用,既表示疑问,又表示吃惊,而重在表示狂人怀疑不信的感情。

著名剧作家曹禺在《雷雨》中写道:

周朴园:不许多说话。(回头向大海)鲁大海,你现在没有资格跟我说话——矿上已经把你开除了。

鲁大海:开除了!?

曹禺把感叹号与问号连用,既表示感叹,又表示疑问,而重在表示鲁大海的吃惊、激愤的感情。

后来,在书籍报刊中这种用法越来越多。在《周恩来青年时期诗抄》中有这么一首诗:

千古奇冤,

江南一叶;

同室操戈,

相煎何急!?

这是周恩来同志1941年亲笔为重庆《新华日报》写的题诗。为了揭穿敌人制造"皖南事变"的真相,为了对新四军殉国的将士表示沉痛的哀悼,周恩来同志怀着无比的革命义愤,写下了这首诗。最后感叹号与问号的连用,具有千钧之力。假如没有这样一个连用,就不能表达出无产阶级如此极大的义愤和沉痛,最强烈的抗议和责问。

王愿坚写的《路标》中有这么一段话:

领导同志抓住了小罗的手,说:"看,一直往北,走上半天多点,就是班佑——就走出草地了!"

"真的?!"罗小葆高兴地叫了一声。

"真的?!"这句话既是反问语气,又是惊喜感叹语气;既表达了罗小葆不敢十分相信的微妙心理,又表达了十分喜悦、兴奋的心情。

从以上例句中来看,问号、感叹号连用的格式,都有特定的表达意味,绝非单由一个问号或感叹号所能表达的。那么,怎么应用这种符号呢？笔者认为,疑问句(有时是反问句)带有强烈感叹语气又有较明显的疑问语气时,用"?！"或"！?"来表示。把它们分别称为问惊号(?！)或惊问号(！?),它们具有将较为复杂的感情糅合成一体的作用。另外,从社会的发展、语言文字及标点符号的发展变化来看,也应该承认问号、感叹号连用是合乎标点符号规范化用法的。因此,我们应该承认其存在,提倡其用法。

三、标点符号也应当规范化

(一)省略号(……)

省略号是表示文中省略的部分。必须要让对方知道的意思,决不能省略,自然就不能再用省略号了;不必让对方知道的,不说就是了,当然也不需要用省略号。在使用省略号中存在两种情况,一种是省略号后边一般不用标点符号。如鲁迅在小说《孔乙己》中写道:

> 孔乙己低声说道,"跌断,跌,跌……"他的脸色很像恳求掌柜不要再提。

另一种是省略号后面也有用句号的,如鲁迅在散文《藤野先生》中写道:

> 一将书放在讲台上,便用了缓慢而很有顿挫的声调,向学生介绍自己:——"我就是叫作藤野严九郎的……。"

笔者认为,在这两种形式中应该采用第一种形式,废除第二种形式。因为话语可以省略,为什么标点不能省略呢？

省略号一共六个圆点,占两个字的位置。有人喜欢点上一长串,那是不必要的。如果有时省略的是一大段文字,就用十二个圆点,单独成行,不能顶格。

(二)书名号(《》〈〉)

书名号是用来表示书籍、篇章、报刊、戏剧、歌曲等名称的。例如,表示书名的《茅盾文集》,表示文章名的《祝福》,表示报刊名的《中国青年报》,表示戏剧名称的《茶馆》,表示歌曲名的《摇篮曲》。单书名号(〈〉),如《〈中国工人〉发刊词》发表于 1940 年 2 月 7 日等。次外,在一些刊物中也有用波浪线或双引号来表示的。如,荷塘月色,"骆驼祥子"等。笔者认为,为了和其他标点符号有区别,应该废除波浪线和双引号这两种标书名的方式。

（三）感叹号（！）

童怀周的《天安门诗抄》中写道：

　　敬爱的周总理！我们将用鲜血和生命誓死捍卫您！！！

这句话连用了三个感叹号，具有增强语气，强化感情的作用。将"用鲜血和生命誓死捍卫"周总理的决心表现得坚强有力。

徐迟在《哥德巴赫猜想》中写道：

　　他见了陈景润，……生活条件很差！疾病严重！！生命垂危！！！

在这一段话里，感叹号的迭用与连用，具有层递作用。而标点符号在这里起了配合、辅助作用。

笔者不主张在感叹句中用两个或三个感叹号。近年来，这种用法在报刊中已经不大见了，其实，要表达强烈的感情应该主要依靠句子里的词语，不能光靠用重叠的或者一次比一次多的感叹号。

总之，尽管标点符号样式不少，可是常用的 15 种符号，按其基本性能可以归纳成两大类：一类是用来断句读表示停顿的，称之为点号；另一类是用来标点的，称之为标号。点号包括句号、逗号、顿号、分号、冒号、问号和感叹号 7 种。自然，波浪号（〰〰）、问惊号（?!）和惊问号（!?），也可以归为点号之列。这几种点号都不能放在一行的开头。标号包括引号、括号、破折号、省略号、着重号、连接号、书名号和间隔号共 8 种。其中引号和括号的前半边，不能放在一行的末了，后半边不能放在一行的开头。省略号和破折号各占两个字的位置。

标号比较简单易学，点号比较复杂一些。可是在点号中，只有句号和逗号是最常用的基本符号，学的时候，要先掌握这两种基本符号的用法。学会了这两种点号，再学习其他的就有了基础，就比较容易了。

我们无论是在写作的时候，还是在阅读的时候，都应该对标点符号给予足够的重视。写作的时候，应该一句话一句话地想好，想的时候，应该把标点符号一并考虑进去。写的时候应该一边写一边点标点，不要先把文章写出来，然后再加标点符号。读文章的时候，也应该连同标点一起来读。只有这样，才能正确无误地理解作品的思想内容。只要我们阅读时留心观察，写作时反复运用，在不断地练习与实践中，就自然而然地会用标点符号了，写出的文章就会眉清目秀，"五官"端正！

作家笔名拾趣

作家笔名拾趣(一)

1.鲁迅

鲁迅,原名周树人,字豫才。鲁迅是他 38 岁那年发表现代文学史上第一篇白话小说《狂人日记》时所用的笔名。这个名字的含义:一是寄托着对仁厚而善良的母亲鲁瑞的爱,二是蕴涵着"愚鲁之人应当赶快做"的严格自勉,三是中国古代周鲁是一家。鲁迅原先的名字是由他的祖父周介孚取定的,学名叫樟寿,字豫山,因为"豫山"与"雨伞"字音相近,后来改为豫才。1898 年,鲁迅到南京求学时,由堂叔周椒生以"百年树人"之义,给他取名为周树人。鲁迅一生用了 150 多个笔名,而"鲁迅"是用得最多的一个。鲁迅的小说集《呐喊》与《彷徨》,是中国半封建半殖民地社会的一面真实的镜子,是"五四"以来革命现实主义文学的代表,为中国现代小说的发展奠定了基础。

2.郭沫若

郭沫若,四川乐山人,原名郭开贞。他把故乡两条河流的古名——沫水和若水结合起来,取名沫若,以示他不忘故土,怀念家乡的情怀。沫水即今"大渡河",若水即今"雅砻江"。郭沫若是中国现代文学的泰斗,他在小说、散文、诗歌、戏剧上,都有很深的造诣,他是继鲁迅之后,我国文化战线上又一面光辉的旗帜。

3.茅盾

茅盾,原名沈德鸿,字雁冰。大革命失败后,白色恐怖笼罩全国,他受到反动政府的通缉,不能用真名发表文章,他在现实生活中看到了诸多矛盾,与人谈话经常爱讲矛盾,于是在发表小说《幻灭》时署上"矛盾"的笔名,当时的编辑叶圣陶怕惹出麻烦,就在"矛"字上加上了草字头,成了"茅盾"。茅盾是中国共产党的第一批党员,他一面从事革命工作,一面写作。他的代表作品《子夜》,细致地刻画了 20 世纪 30 年代初的社会生活,清晰地描绘了那个时代的风情,被誉为"新儒林外史"。

4.冰心

冰心,原名谢婉莹。她以"冰心"作笔名,是取唐代诗人王昌龄《芙蓉楼送辛渐》中的名句"洛阳亲友如相问,一片冰心在玉壶"的诗意,以喻自己不慕功名富贵、高洁清白的品格,而且"冰"的纯洁、晶莹与"婉莹"相谐,语意十分贴切。冰心的代表作品有诗集《繁星》《春水》,散文集《樱花赞》《我们把春天吵醒了》,儿童文学作品集有《小橘灯》等。冰心老人的拳拳爱心,殷切深情,感染和教育了我国一代又一代青年。

5.张恨水

张恨水,原名张心远。青年时代研读南唐后主李煜的词《相见欢》,从中悟出了光阴的可贵,于是从"自是人生长恨水长东"中取"恨水"二字,作为自己的笔名。张恨水先生一生创作了以《金粉世家》和《啼笑姻缘》为代表的110多部长篇小说,深受广大读者的欢迎。

6.肖红、肖军

肖红,原名张乃莹;肖军,原名刘鸿霖。这对夫妻作家的笔名合起来为"红军"二字,笔名的谐音表明了他俩对于中国革命的憧憬。1935年张乃莹的中篇小说《生死场》出版,第一次使用了"肖红"这个笔名。鲁迅先生为之作序,称它是"北方人民的对于生的坚强;对于死的挣扎"的一幅"力透纸背"的图画。在20世纪30年代的女作家中,肖红有着类似女词人李清照那样的生活经历,被誉为"30年代的文学洛神"。

7.艾青

艾青,原名蒋海澄。1932年,在上海,艾青用自己的画参加爱国斗争,国民党政府突然逮捕了艾青和12名青年美术工作者,并以"颠覆政府"的罪名判处艾青有期徒刑6年。艾青在监狱里恨透了蒋介石,就在自己的姓"蒋"字上打了个"×",只露出了草字头,成了"艾",而这个"艾"又与"海澄"的"海",近音,因此干脆把"海"字去掉,把"澄"字按浙江金华方言换了"青",于是起笔名为"艾青",表示与蒋家王朝势不两立,来寄托自己的政治抱负。艾青是我国现代诗坛上享有盛名的著名诗人。

8.周立波

周立波,原名周绍仪。后来用笔名周立波发表作品。在"文化大革命"中,他被"批斗",造反派问他为什么起笔名"立波",他说:"立波,英文〔liberty(立波特),自由的意思〕。"结果不懂英文的造反派无言以对。周立波的力作《暴风骤雨》,是我国解放战争时期出现的最成功的文学作品之一,1951年荣获斯大林文学奖。

(《中学生学习报》,2001年1月30日)

作家笔名拾趣（二）

1.叶圣陶

叶圣陶,原名叶绍钧。他在小学读书时,请先生章伯寅取一个立志于爱国的字。章先生说:你名绍钧,有诗曰:"秉国之钧",取"秉臣"为字好。并教育他要爱国就得先爱家乡,懂得家乡的名人伟业。1911 年 10 月 15 日,叶圣陶的家乡苏州在辛亥革命中光复了。次日,叶绍钧找到章先生说:清廷已覆没,皇帝被打倒了,我不能再做臣了,请先生改一个字。章先生笑了笑说:你名绍钧,有诗曰"圣人陶钧万物",就取"圣陶"为字吧。叶绍钧满意而归。后来,他把"叶"与"圣陶"联了起来,成为著名的笔名。1921 年他和茅盾、郑振铎等人发起组织文学研究会。在文学创作方面,以短篇小说著称。代表作有长篇小说《倪焕之》,短篇小说《多收了三五斗》。他还写过童话集《稻草人》和《古代英雄的石像》。叶圣陶善于提炼口语,文章写得纯朴流畅,细致严谨,人们称他为"优秀的语言艺术家"。

2.朱自清

朱自清是我国现代文学史上具有独特风格的散文作家。本名自华,号秋实。1916 年,他以优异的成绩考入北京大学。"五四"运动爆发,他跑在游行队伍的最前列,火烧赵家楼的消息使他振奋万分,仿佛看到了新时代的曙光在古都升起。此时,作为一名热血青年,他感到重任在肩,就把"自华"改为"自清",取字"佩弦"。韩非子说:"董安于之性缓,故佩弦以自急",说的是古人佩弓带弦,是为了改变自己性情迟缓的缺点。朱自清的意思则是强调在大时代,人要有只争朝夕的自觉精神。他的散文结构自然和谐,意境清新幽雅,语言朴素而有风采,具有一种独特的诗意美。使他誉满文坛的《背影》和他抒写心境的名篇《荷塘月色》被相继选入中学语文课本。1948 年 6 月,朱自清身体衰弱不堪,尽管贫病交加,他仍然拒绝侮辱性的施舍。他嘱告家人,不要买国民党政府配给的美国面粉,表现了高尚的民族气节和爱国主义精神,受到毛泽东的高度赞扬。

心谷响起的回音

3.柳亚子

柳亚子,原名柳慰高,后更名为柳弃疾,字安如。因仰慕法国思想家卢梭,改名人权,字亚卢,意为"亚洲之卢梭"。后来觉得不够谦逊,便改为亚子。柳亚子是爱国民主人士,著名诗人。常与毛泽东同志谈诗论词。亚子先生在民主革命时期,作品慷慨悲壮,洋溢着爱国主义精神。新中国成立后的诗词,歌颂了新社会的"光明与胜利"。

4.丰子恺

丰子恺,原名丰润,小名叫"慈玉"。他在故乡小学读书时,有一次乡下搞选举,老师说,乡下人文化低,笔画多的字不好写,为日后考虑,名字应尽量用笔划少的字,因此把他的"润"字改为"仁"字了,并且按家乡浙江桐乡的读音"仁"与"润"差不多,而"仁"字好写,在意义上又与"慈玉"的"慈"接近。于是他就叫"丰仁"。

丰子恺在师范学校读书时,因为作文写得很出色,常常得第一名,很受单不庵老师的器重。因此单先生就给他取了"子恺"这个名字。"恺"是"和乐"的意思,与"仁"字意义相关。从此以后,他著书、作画都用这个名字。丰子恺先生是著名的文学家、漫画家,他的作品有100余种。他的著述随着"丰子恺"这个名字流传到了海内外。

5.邹韬奋

邹韬奋,原名恩润。"韬奋"是1926年他在上海主编《生活》周刊时改的名字。他自己解释说:"'韬'是韬光养晦;'奋'是奋斗不息,不过自勉罢了!"邹韬奋是我国著名的新闻记者,政论家,从事新闻出版工作,1944年7月24日病逝后,中共中央接受他遗书中的申请,追认他为中国共产党正式党员。周恩来同志对邹韬奋的一生做了高度概括:"邹韬奋同志经历的道路是中国知识分子走向进步,走向革命的道路。"他的著作收在《韬奋文集》中,他的思想评论《呆气》一文,曾选入高中语文课本,邹韬奋所说的"呆气",实际上是指一种忘我的奋斗和献身精神。

6.瞿秋白

瞿秋白出生时因头发发际有双旋,父亲就给他取名为"双",上学后改为"爽",后又按谐音改为"霜",到中学时,又由"霜"的含义演变为"秋白"了。瞿秋白是中国共产党早期著名的政治活动家、思想家、文学家。红军主力长征时,他因病留在江西。1935年2月,转移途中,被国民党军队逮捕,6月18日在福建长汀英勇就义。他留给人们的最后遗言是:"为中国革命而牺牲,是人生最大的光荣。"代表作品有散文集《饿乡纪程》和《赤都心史》。

7.聂耳

人民音乐家聂耳,原名守信,字子义,亦作紫艺。1931 年 4 月考入明月歌舞社拉小提琴。因他姓聂,听觉又灵,社里有人叫他"耳朵先生",于是他便改名为聂耳。作有歌曲《义勇军进行曲》《前进歌》《毕业歌》《大路歌》《新的女性》等 30 余首,集中表现了工农大众在旧中国阶级压迫下的苦难与反抗以及"九一八"事变后中国人民抗日救国的坚强意志。其中《义勇军进行曲》成为《中华人民共和国国歌》。

8.王朝闻

王朝闻,原名王昭文,朝闻是他的笔名。取意《论语·里仁》中"朝闻道,夕死可矣"。决心以拼死闻道的精神探索真理。王朝闻是现代著名的文艺评论家和雕塑家。艺术评论集有《新艺术创作论》《论艺术的技巧》等。雕塑作品有《毛主席像》("毛泽东选集"封面)、《刘胡兰》《民兵》《杜甫》《白居易》《李大钊》《鲁迅》等。

9.田间

田间,原名童天鉴,笔名用"天鉴"之谐音为"田间"。田间是一位能把握时代脉搏的诗人。抗战期间,写下了以《给战斗者》为代表的许多诗篇,鼓舞了群众的抗战激情,被誉为"时代的鼓手"。主要作品有《天安门赞歌》《马头琴歌集》《英雄歌》《东风歌》等。

10.白桦

白桦,原名陈佑华,受苏联无产阶级文学的影响,为表示他向往苏联,追求真理,献身无产阶级革命事业的愿望,借苏联文艺作品中经常出现的白桦树的形象,作为自己的笔名。主要作品有抒情短诗集《金沙江的怀念》、叙事长诗《孔雀》,小说《猎人的姑娘》,话剧《曙光》,电影文学剧本《山间铃响马帮来》《今夜星光灿烂》等。

(南京师范大学《文教资料》,2004 年第 8 期)

作家笔名拾趣(三)

1.老舍

我国杰出的语言大师老舍,原名舒庆春。他曾在一封信中说:"我的名字就是我的姓,以姓作名。舒字拆开来,是舍予,意思是'无我'。我很为自己的姓名骄傲,从姓到名,从头到脚,我把自个儿全部贡献出去。关键是一个舍字,舍什么? 舍的是'予'。我写书用的笔名老舍,也是保留一个'舍'字,不是老'予'。以姓为名,以名构成姓,都是围绕这个意思,这是我一辈子的信念。"老舍一生共创作了 70 多部文艺作品。早期创作的有《老张的哲学》《赵子曰》《二马》。最负盛名的是长篇小说《四世同堂》和《骆驼祥子》。尤其是《骆驼祥子》,奠定了老舍在现代文学史上的地位。话剧以《茶馆》为其代表作。《茶馆》通过 19 世纪到 20 世纪初近 50 年来旧中国风云变幻的描绘,埋葬了三个可诅咒的时代,含蓄地点明了"只有社会主义才能救中国"的生活真理。1950 年创作优秀话剧《龙须沟》,荣获"人民艺术家"的光荣称号。

2.巴金

巴金原名李尧棠,字芾甘。据他说,"巴金"的"巴"字来自于一位在法国项热投水自杀的北方朋友(巴恩波)。巴金说:"我和他不熟,但是他自杀的消息使我痛苦。我的笔名中的'巴'字是因他而联想起来的。""金"字则是一位学哲学的安徽朋友替他找的一个容易记住的字,取自巴金当时正在翻译的《伦理学》一书的作者克鲁泡特金。巴金著述甚丰,主要作品有 "爱情三部曲"——《雾》《雷》《电》,"激流三部曲"——《家》《春》《秋》。其中《家》为代表作。作者通过描写《家》中高老太爷的死和"家"的分崩离析,暗示了封建制度必将灭亡的历史趋势。其中觉慧的形象,曾鼓舞了一代又一代人与封建礼教奋起抗争。《家》是中国现代小说的绝唱。鲁迅先生称赞巴金"是一个有热情的有进步思想的作家,在屈指可数的好作家之列的作家"。

3.曹禺

曹禺,原名萬(即"万"字的繁体字)家宝,他将姓氏"萬"字拆为"草"(谐音为曹)与"禺"两部分,化为"曹禺"。1933年曹禺在大学即将毕业时写出处女作多幕话剧《雷雨》,1934年发表后,立即轰动当时的戏剧界。1935年写成第二部话剧《日出》。这两部作品在中国话剧舞台上大放异彩。他的作品还有话剧《北京人》《蜕变》《原野》《明朗的天空》《胆剑篇》《王昭君》等。曹禺的剧作,运用了非凡的艺术手法,犀利、大胆、深刻地揭露了旧社会黑暗势力的种种罪恶,赢得了广大读者和观众,成为我国话剧舞台上的瑰宝。

4.许地山

许地山,笔名"落花生",他决心牢记父亲的教诲,像普通农作物落花生那样"有用,但是不是好看的"。笔名既是许地山先生心的裸露,又是他思想信仰的聚焦。许地山原籍福建龙溪,生于台湾。"五四"运动后,与茅盾等人组织文学研究会,开始发表小说。主要作品有小说集《缀网劳蛛》,散文集《空山灵雨》等。其中小说《命命鸟》,通过讲述一对青年爱侣被迫自杀的故事,对封建婚姻制度提出了控诉。1934年发表的短篇小说《春桃》,真实地塑造了一个善良、坚强、豪爽、泼辣的劳动妇女形象。著名的《落花生》一文,充满着一种朴实、淳厚的情致,表现了作者自己的人生态度和人生追求。

5.丁玲

丁玲,原名蒋冰之,"五四"以后提倡妇女解放,她就毅然改为母姓,名"丁冰之",后又觉"冰之"二字太雅,于是又改为"丁玲"。1927年发表《莎菲女士的日记》。1931年参加"中国左翼作家联盟"。主编"左联"机关刊物《北斗》杂志。1933年被捕,出狱后到延安,任红军大学教授。1948年写成的长篇小说《太阳照在桑干河上》,被誉为解放战争时期反映解放区农村土改的史诗般的作品,1951年这部小说荣获斯大林文学奖。

6.沙汀

沙汀,原名杨朝熙,笔名为沙汀。笔名源于苏东坡词《蝶恋花》中的"月白沙汀翅宿鹭,更无一点尘来处"。这是作家对于苏词酷爱的结果。沙汀的主要作品有长篇小说《淘金记》《困兽记》《还乡记》以及《沙汀短篇小说选》等。写于抗战期间的短篇小说《在其香居茶馆里》为其代表作。作者抓住兵役这个题材,从国民党反动派内部的矛盾中揭露了反动统治的黑

心谷响起的回音

暗腐败。作者运用幽默的语言,不仅成功地塑造了崭新的反面讽刺形象,而且表现了具有高度民族化和浓郁地方色彩的独特风格。

7.柔石

柔石,"左联"五烈士之一。原名赵平福,取"平安是福"之意。他家乡"有一个绅士,以为他的名字好,要给儿子用,叫他不要用这名字了"(鲁迅《为了忘却的记念》)。后来,他见家乡(浙江宁海)有座桥,上刻"金桥柔石"四个字,为了表示对故乡亲人的怀念,就以"柔石"作为自己的笔名。柔石1925年去北京,为北大旁听生,常听鲁迅先生讲课。1930年参加"左联",同年5月加入中国共产党。1931年1月17日不幸被捕,2月7日被国民党反动派秘密杀害于上海龙华。柔石壮烈牺牲后,家中尚有双目失明的老母,鲁迅先生多次寄钱接济她。代表作品有小说《二月》和《为奴隶的母亲们》。他的作品笔调简洁质朴,感情深沉,能给人以强烈的感受。正当他向新文学事业迈进的时候,却和其他同志一起用自己的鲜血写下了中国无产阶级革命文学的"第一篇文章"。

8.高士其

高士其,原名仕锜。他说"去掉人旁不做官,去掉金旁不爱钱",就以"士其"作为自己的笔名。在当时权势和金钱决定一切的社会中,高士其先生冲破陈腐观念,足见其志向的高洁。高士其1925年赴美留学,专攻细菌学,1928年在实验中感染脑炎菌病毒,造成终身残疾,但他以顽强的毅力学成回国。几十年如一日,写出了几十万字的科学小品,如《细菌与人》《我们的土壤妈妈》《揭穿小人国的秘密》《庄稼的朋友和敌人》等著名科普读物,为我国的科学普及事业做出了重大贡献,深受人们的尊敬与爱戴。

9.袁水拍

袁水拍,笔名马凡陀。"马凡陀"是一种瑞士表商标的译音。袁水拍喜欢器物,就借物易名。他的代表作品是《马凡陀山歌》,这是一部很有特色的政治讽刺诗,它真实地反映了抗战后期和解放战争时期中国社会的方方面面,辛辣地讽刺了国民党反动派反人民、反民主的丑恶面目。20世纪40年代,马凡陀山歌响彻大江南北。对当时国统区人民"反饥饿反迫害"的民主运动起过一定的促进作用,在青年知识分子中产生过广泛的影响。

10.郭小川

郭小川,原名郭恩大。抗日战争时期,在一次打扫战场中,他在一具被我八路军战士击毙的日本鬼子尸体上发现了一支钢笔,上面刻着"小川一郎",他想,这可能就是这个侵略者的名字。此后,郭恩大就用这支战利品——钢笔,写下了无数催人奋进的诗歌。为了纪念这次战斗的胜利,郭恩大就以"郭小川"作为自己的笔名。郭小川以强烈的革命责任感,炽热的战斗激情,创作了大量的诗歌。主要作品有政治抒情诗《向困难进军》《投入火热的斗争》、抒情诗《甘蔗林——青纱帐》《团泊洼的秋天》和长篇叙事诗《白雪的赞歌》《深深的山谷》《将军三部曲》等。其诗多取材于人民群众如火如荼的斗争生活,讴歌了社会主义革命和事业的伟大胜利,洋溢着强烈的时代精神。

(《中学生学习报》,2001 年 10 月 9 日,2001 年 10 月 16 日)

心谷响起的回音

篇外篇拾遗

人物

陇上名相权德舆

权德舆(公元 759—818 年),字载之,天水略阳(今甘肃秦安县东北)人。他出身于祖德清廉的仕宦之家,自幼聪颖过人,据唐代韩愈《唐故相权公(德舆)墓碑序》云:"三岁知变四声,四岁能为诗。"《旧唐书·本传》记载,权德舆十五岁,就有文章数百篇,编为《童蒙集》,蜚声诸儒间。唐德宗闻其才,召为左补阙,知制诰,后升为中书舍人(正五品上),主管起草诏令。这种官员通常要以文学资望高的人来充任。唐宪宗时,拜为礼部尚书,同中书门下平章事,位极宰相,参与朝政。

权德舆生活在"安史之乱"后的中唐,他以"育才造士为国之本"为己任,按照封建阶级的德才标准,不徇私情,大力选拔人才。在他的主持下,贞元十八年,以中书舍人知举,放进士 23 人,李翔等人登第;十九年,以礼部侍郎放进士 20 人,侯喜等人登第。永贞元年,放进士 29 人,刘述古等人登第。这些能人贤士在各自的岗位上,尽职尽责,秉公执法,为"安史战乱"后的唐王朝出现"中兴"局面,立下了汗马功劳。

权德舆认为"天下理在百姓安,百姓安在赋税减"。永贞八年,江淮 20 余州县发生大水灾。洪水淹没土地,冲毁了庄稼,房屋倒塌,人死牲亡。他在《论江淮水灾上疏》中建议唐德宗派遣"明识通方"之使臣,"访其疾苦",并提出减免赋税的主张。贞元十九年,关中自春至秋,滴雨未降,收成无望。权德舆在《论旱灾表》中建议德宗下诏减免"当年租赋及往年负欠",还提出了"节约开支"的具体办法。这些利国利民的切实措施,为稳定民心,恢复和发展农业生产起到了积极作用,表现出他体恤民情,关心人民疾苦的"民本"思想。

权德舆直言善谏,敢于抨击时弊。贞元八年,司农少卿裴延龄编造出种种生财富国的谎言,企图邀功求宠。权德舆多次上疏,揭露了裴氏弄虚作假的丑恶行径,抨击了裴氏误国害民的卑鄙伎俩。唐宪宗元和年间,淮南节度使王锷,用丰厚的财帛贿赂宦官,谋求相位。权德舆态度十分明

篇外篇拾遗

朗,竭力上疏反对,在白居易等人的相互配合下,使搜刮民脂民膏致富的王锷,终不得入朝为相。这些史实,表明了权德舆刚正不阿的可贵品德。

权德舆作文,强调文章的社会功能,他针对朝政得失,黎民疾苦,敢于为国为民大声疾呼,写下了许多奏疏议论表状,尽到了人臣之责。还有内容十分广泛的碑、铭、书、记、序等作品,实践了他"有补于时""体物导志"的写作原则。他的诗歌,语言清丽,对仗工整,音律和谐,意境恬静优美,袒露内心世界真切自然。他不但是一位有务实精神的政治家,也是一位著述甚丰的文学家。遗著有《权文公集》,《全唐诗》存其诗十卷。

(《甘肃工人报》,1992 年 6 月 4 日)

心谷响起的回音

古成纪传说与大地湾遗址

　　甘肃省秦安县,就是《辞海》《辞源》和《中国地名大辞典》中所说的"古成纪"。相传人类文明的始祖伏羲和炼石补天的英雄女娲都诞生在这里。伏羲人面蛇身,姓风,生前在大酋长位上任了 116 年。伏羲以前,没有形成婚姻嫁娶制度,"婚姻嫁娶,同姓氏者不婚配"是由他制订的。这就反映出我国原始社会由血缘婚进入族外婚,族外婚的实行,加快了人类发展进程。伏羲还教人耕种畜牧,结网捕鱼,发明"八卦",始制文字,他是中华民族早期的一位重要的文化领袖。他的妹妹女娲,曾炼五色石以补苍天,断鳌足支撑天的四极,杀黑龙拯救了中原,积芦灰止住了泛滥的洪水,消灭了凶禽猛兽,使人民得以安居。这些传说留有原始社会母系制的痕迹,表现出人类改造天地的雄伟气魄和高度智慧。

　　早在远古时代,我们的祖先就在这片黄土地上生息繁衍。1978 年,我国考古工作者在甘肃秦安县五营乡大地湾挖掘出新石器时代的文化遗址 32 万多平方米。共清理出房屋遗址 200 多处,灰坑 300 多个,窑址 30 多个,墓葬 70 多座,珍贵文物 8000 余件。考古学家认定,距今 5000～7000 年,可与西安半坡村文化遗址相媲美。

　　大地湾遗址出土的文物,大部分是原始社会部落群使用的生产工具,原始人的装饰品和日用品。其中有砍伐树木的石斧,有播种谷物的石铲,有捕猎野兽的骨镞、石镞,有捻纺羊毛的彩陶纺轮,还有汲水、贮物用的彩陶鱼纹盆,彩陶曲腹盆以及三足罐、陶箕等。尤其是人头形彩陶瓶,造型别致,纹饰精致美观,在出土的新石器时代的文物中实属罕见。彩陶上的绘画和记事符号是研究我国彩陶文化和文字起源的重要资料。

　　大地湾遗址中,有建筑面积最大,构造极为精致的房子。这座大房子可能是氏族(部落)酋长的居室或是原始人议事集会的场所。东西长约 16 米,南北宽约 8 米,使用面积 130 多平方米,室内地面平整坚硬,像灰黑色的大理石一样光滑。这是大地湾人用智慧营建的宫殿,也是大地湾人五六千年前在黄土地上写下的没有文字的诗篇。为了保护新石器时代的文化遗址，国家在这座大房子遗址上修建了一座 1100 多平方米的大厅——大地湾博物馆。今日大地湾，既是科学研究的重要场所，又是参观旅游的胜地。

　　大地湾文化遗址是"古成纪"传说的最好见证，它属于新石器时代（母系氏族制或"母权制"）仰韶文化类型。因此，可以自豪地说，秦安是中华民族华夏文化的发祥地之一。

（《少年文史报》，1991 年 3 月 28 日）

邮苑花絮

两袖清风　一身正气
——新中国邮票上的周恩来总理

今年 3 月 5 日是伟大的无产阶级革命家,党、国家和人民军队的卓越领导人周恩来总理诞辰 99 周年纪念日。我们欣赏新中国邮票,看到周总理的光辉形象,就想起他老人家两袖清风、一身正气的光辉人生,崇敬之意和思念之情便油然而生。

新中国发行有周总理光辉形象的邮票共 9 枚:1957 年 8 月 10 日发行的《中国人民解放军建军 30 周年》的邮票(即纪 41)1 套 4 枚,其中第 1 枚 "南昌起义" 图案中是新中国邮票上第一次出现周总理的光辉形象;1959 年 10 月 1 日发行的《中华人民共和国成立 10 周年》(第五组,即纪 71《开国大典》),图案中的周总理是第二次出现在新中国邮票上;1977 年 1 月 8 日发行的《中国人民伟大的无产阶级革命家,杰出的共产主义战士周恩来同志逝世一周年》纪念邮票(即 J·13)1 套共 4 枚,图案分别为 "周总理像""光辉榜样""周总理和大庆人在一起"(大庆人——铁人王进喜,甘肃玉门人),"周总理和大寨人在一起"(大寨人——即郭凤莲等),这是一套纪念周总理的专题邮票;1977 年 9 月 9 日发行的《伟大领袖和导师毛泽东主席逝世一周年》纪念邮票,1 套共 6 枚,其中第 5 枚 "毛主席和他的亲密战友周恩来同志、朱德同志在一起",这是第四次出现周总理的光辉形象;1985 年 1 月 15 日发行的《遵义会议 50 周年》的纪念邮票,1 套 2 枚,图案为 "遵义会议" 和 "红军胜利到达陕北",均有周总理的身影。

周总理在以他光明磊落、无私无畏的伟大人格和博大精深的才智影响着千千万万的中国人的同时还给我们留下了十分珍贵的遗墨。他的手迹也曾出现在新中国的邮票上;1958 年 5 月 30 日发行的《人民英雄纪念碑》小全张(即纪 47M)有周总理的手迹碑文;1981 年 5 月 9 日发行的《传邮万里,国脉所系》纪念邮票,全套 1 枚(即 J·70),是周总理于 1940 年 5 月 9 日为林卓午先生写的 "传邮万里,国脉所系" 的题词;1985 年 11 月 5

日发行的《邹韬奋先生诞生九十周年》纪念邮票 1 套 2 枚（即 J·122），其中第 2 枚是周总理为纪念邹韬奋题词（邹韬奋于 1944 年 7 月 24 日病逝）："邹韬奋同志经历的道路是中国知识分子走向进步走向革命的道路。"

　　1996 年 1 月 8 日，为纪念一代伟人周恩来，弘扬祖国文化，缅怀周总理功绩，邮电部发行特种邮资明信片《周恩来故里》1 套 4 枚，分别为"周恩来同志故居""周恩来童年读书处""周恩来纪念馆""周恩来诞生地——淮安镇淮楼"。

（《甘肃工人报》,1997 年 3 月 5 日）

人类文明的纪念碑

—— 新 中 国 邮 票 上 的 万 里 长 城

　　长城,是我国古代劳动人民智慧的结晶,被世人誉为"人类文明的纪念碑",联合国列为世界中古七大奇迹之一。长城,像一条巨龙,翻过巍巍群山,穿过茫茫草原,越过浩瀚的沙漠,绵延逶迤。有人计算过,如果把现存的明代长城的砖石土方,用来修筑一道高 5 米,厚 1 米的墙,可以环绕地球一周。又据报道,宇航员从太空回顾地球上的人造工程,最明显的标志之一,就是中国的万里长城。

　　新中国发行的邮票中,万里长城第一次跃上"国家名片"是在 1974 年。此年 5 月,邮电部发行《万国邮政联盟成立 100 周年纪念》邮票 1 套 3 枚(即 J1,影写版),其中第 3 枚为"万里长城"。1979 年 6 月 25 日邮电部发行《万里长城》专题邮票 1 套 4 枚和 1 枚小型张(即 T38,影写版)。邮票分别为:(4—1)长城之春,(4—2)长城之夏,(4—3)长城之秋,(4—4)长城之冬;小型张为《万里长城·山海关》。1979 年 8 月 25 日,为了祝贺《里乔内第 31 届国际邮票博览会》的召开,邮电部又在《万里长城·山海关》小型张上加字(即 J41M),此枚小型张共发行 10 万枚,现已成为邮票中的珍品。1996 年 5 月 6 日,中国和圣马力诺联合发行了 1 套《古代建筑》邮票(即 96—8T,胶版,双连印制),其中(2—1)为中国长城。

　　万里长城作为邮票画面的背景和图案,在新中国发行的邮票中举不胜举,如 1961 年 6 月 20 日发行的《詹天佑诞生 100 周年》(即纪 87,影写版)中的"京张铁路",1978 年 10 月 22 日发行的《中日和平友好条约签订》(即 J34,影写版)中的"共同愿望",1979 年 10 月 1 日发行的《纪念中华人民共和国成立 30 周年》(即 J44,影写版)第一组"国旗"中的第 1 枚,1983 年 6 月 1 日发行的《儿童画选》中的"我爱长城",1985 年 9 月 3 日发行的《纪念抗日战争和世界反法西斯战争胜利 40 周年》(即 J117,影写版) 中的 "八路军和民兵战斗在长城内外",1988 年 7 月 20 日发行的《1990 年北京第十一届亚洲运动会》(第一组)中的 "亚运会会徽"(即

J151,影写版),1993 年 11 月 16 日发行的《毛泽东同志诞生 100 周年》小型张《即 93—17J,影写版》,1995 年 9 月 3 日发行的《抗日战争及世界反法西斯战争胜利 50 周年》(即 95—17J,影写版)中的"百团大战"以及 1997 年 1 月 1 日发行的《中国旅游年》(即 97—3J,胶版)等。

在邮电部发行的普通邮票中,共有 11 枚为"万里长城"。如 1981 年 9 月 1 日发行的《祖国风光》(即普 21,雕刻版)中的第 7 枚为"万里长城"。同年 9 月 1 日发行的《祖国风光》(即普 22,影写版)中的第 3 枚为"万里长城"。1982 年 9 月 30 日发行的《祖国风光》(即普 22 甲,磷光)中的第 2 枚为"万里长城"。

长城,这一不朽的伟大工程,永远值得中华民族骄傲和自豪。

(《甘肃工人报》,1998 年 4 月 9 日)

心谷响起的回音

高峡出平湖
——新中国邮票上的长江三峡

雄伟而又瑰丽的长江三峡,以奇、秀、险闻名于世,它那神奇的魅力,向人类昭示着大自然无与伦比的壮美!1981年9月1日,邮电部发行《祖国风光》普通邮票1组17枚(即普21,雕刻版),第15枚为"长江三峡"(此枚发行时间为1982年9月2日),壮丽的三峡首次上了"国家名片"。1994年11月4日,邮电部发行(94—18)影写版《长江三峡》特种邮票1套6枚和1枚小型张。邮票分别为:"白帝城""瞿塘峡""巫峡""神女峰""西陵峡"和"屈原祠"。小型张为"长江三峡"全景。这是一套反映三峡全貌的邮票。此外,邮电部于1989年和1994年分别发行(YP—7)四川风光明信片和(YP—16)湖北风光明信片,其中均有长江三峡的雄姿。

然而,开发三峡,利用三峡,早已成为爱国志士的宏伟理想。早在1919年,孙中山先生在他的《实业计划》中就谈到关于三峡的构想。1924年,孙中山先生在国立广州高等师范学校演讲时说,扬子江上游的水力是很大的,从宜昌到万县一带的水力,可以发出三千万余马力的电力,可供全国的火车、电车及各种工厂之用。可是在内忧外患的旧中国,孙中山先生富国强民的梦想未能实现。

新中国建立后,毛主席批示成立了长江水利委员会。1953年2月19日,毛主席巡视长江时,兴致勃勃地在地图上画了一个圆圈,并说要在三峡修建一个大水库。周总理为三峡工程不但多次考察,而且全面规划部署。1957年12月3日为三峡工程亲笔题词:"为充分利用中国五亿四千万千瓦的水力资源和建设长江三峡水利枢纽工程的远大目标而奋斗。"正当三峡工程紧锣密鼓进行的时候,由于政治路线的偏离,三峡工程由现实又回到了梦中,周总理带着莫大的遗憾与三峡梦和我们永别了!

党的十一届三中全会后,三峡工程是领袖们关注的大事。随着葛洲坝工程的竣工和它显著的经济效益向人们显示,水电这一大自然恩赐的能源的前景是多么的广阔啊!三峡工程的上马是历史的必然。党的十四大召开后,党中央高瞻远瞩,举世瞩目的三峡工程于 1994 年 12 月 24 日在三峡工程坝址中堡岛举行了盛大的开工庆典,国家领导人向世界庄严宣告:"三峡工程开工了!"

水电健儿们经过三年的奋力拼搏,今年十一月奔腾不息的长江,又一次被拦腰斩断。邮电部为了让人们永远记住人类历史上征服长江的伟大壮举,于今年十一月八日发行(97—23,影写版)《长江三峡工程·截流》特种邮票 1 套 2 枚。三峡工程经历了无数次坎坷,无数次磨难。"高峡出平湖",终于在今天变成了现实!

(《甘肃工人报》,1997 年 11 月 7 日)

心谷响起的回音

集邮与精神文明建设

随着我国集邮事业的蓬勃发展和集邮队伍的不断壮大,如何引导集邮者坚持正确的集邮方向,是一个亟待解决的问题。

中国特色的集邮活动是社会主义精神文明建设的组成部分,正如全国集邮联合会名誉会长钱伟长先生所指出的"集邮者首先要是爱国者"。在集邮活动中,我们必须突出"爱国主义"这一主旋律。

一、引导集邮者热爱祖国的锦绣河山

中华大地,江山如画。我们的祖先在这片神奇的土地上生息繁衍,创造了无比辉煌的文明。祖国河山一经邮票设计大师的巧手彩绘,便会呈现出美不胜收的光华。黄山苍松云海的奇特(特57),泰山日出的雄浑(T130),庐山五老峰的晨曦(T67),峨眉山的金顶宝光(T100),杭州西湖的柔美(T144),桂林山水的清秀(T53),长江三峡的神奇(94—18),台湾日月潭的清辉(T42),西双版纳傣族村寨的恬静(T55),石林阿诗玛的倩影(T64),天山天池的清幽(96—19),长白山瀑布的壮观(93—9),还有那"包孕吴越"的太湖(95—12)等等,让集邮者置身于祖国山河的美景之中,接受美的熏陶,萌生积极向上的情感。

二、引导集邮者热爱祖国的悠久历史和灿烂文化

中华民族有五千年的文明史,在这漫长的历史进程中,我们的祖先创造了光辉灿烂的物质文明与精神文明。《万里长城》(T38)就是中华民族智慧的象征。《秦始皇兵马俑》(T88),被称为"世界八大奇迹"之一。《敦煌壁画》(共6组,即T116、T126、T150、92—11、94—8、96—20)更是无与伦比。《古代发明》(特7)对人类产生了划时代的影响。勤劳、勇敢、富于创造精神的中华民族,对人类文明进程做出了巨大贡献。这些邮票能激发人们的民族自豪感,增强民族自信心。

新中国发行的邮票中,还有介绍我国历代能工巧匠精湛技艺的,如《苏州园林》(T56、T96),中国《古塔》(94—21),《历代名楼》(T121),《故宫博物院》(J120),《承德避暑山庄》(T164),《沈阳故宫》(96—3)等,集邮者

可以从中了解我国古代高超的园林建筑技术。

邮票上的古代文物举不胜举,《殷代铜器》(特63),《西周青铜器》(T75),《东汉画像砖》(特16),《唐三彩》(特36),《西藏文物》(95—16)等。还有华贵的《宫灯》(T60)、《花灯》(T104)。选型别致的《漆器》(93—14),《瓷器》(T160),《青田玉雕》(92—16)。精巧的《民间玩具》(特58)和《民间彩塑》(96—30)以及精美的《风筝》(T50、T115)等等,古代卓越的陶瓷、雕刻、制造技艺,令人赞叹不已!

文学名著邮票,有《西游记》(T43),《红楼梦》(T69),《西厢记》(T82),《牡丹亭》(T99)以及系列套票《三国演义》和《水浒传》(年内出齐)。戏剧邮票《梅兰芳舞台艺术》(纪94)和《京剧脸谱》(T45)、《京剧旦角》(T87)堪称邮票中的珍品。绘画邮票五彩缤纷,让集邮者爱不释手。古代的有《唐簪花仕女图》(T89),《韩载熙夜晏图》(T158),《虢国夫人游春图》(95—8)以及《郑板桥作品选》(93—15);现代的有徐悲鸿的《奔马》(T28),《齐白石作品选》(T44),《吴昌硕作品选》(T98),《傅抱石作品选》(94—14),《黄宾虹作品选》(96—5),《潘天寿作品选》(97—4)。集邮者茶余饭后欣赏这些邮票,接受高雅文化的洗礼,品味祖国艺术魅力,陶冶情操,净化灵魂,均会收到尽善尽美的效果。

三、引导集邮者热爱祖国的杰出人物

我们的祖国培养了一批又一批著名的教育家、科学家、文学家、思想家、军事家和其他英雄人物。他们是民族的精英,中国的脊梁。他们热爱祖国,忠于人民的高尚品德能点燃集邮者胸中爱国的熊熊烈焰,照亮集邮者的人生旅途。

从教育家孔子(J162)的"有教无类"到陶行知(J183)的"教做真人",从戏剧大师关汉卿(纪50)到鲁迅(纪91、纪122、J11、J67),从勇于探索的天文学家张衡(纪33)到地理学家徐霞客(J136),从屈原(94—9)的高风亮节到孙中山(J68、J132)的"驱除鞑虏,恢复中华",从杜甫(纪93、J91)的"忧国忧民"到周恩来(J13)的鞠躬尽瘁,从孙子(95—25)的"知己知彼,百战不殆"到毛泽东(J21、J97、93—17)的"四渡赤水"以及林则徐(J115)秋瑾(J182),向警予、杨开慧(J27),刘胡兰(J12)和当代英雄人物王进喜(编44),金训华(文19),雷锋(J26),刘英俊(纪123),焦裕禄(92—15)等等,都是光彩照人的楷模,都是我们吸取精神力量的榜样。

四、引导集邮者热爱祖国的现在,开拓祖国的未来

党的十一届三中全会以来,中华巨龙开始腾飞。如:《南京长江大桥胜利建成》(文14)、《首都国际机场》(T47)、《长江葛洲坝水利枢纽工程》(T95)、《化学工业》(特69)、《石油工业》(特67、T19)、《钢铁工业》(T26)、《矿业开发》(T20)、《邮政运输》(T49)、《轮船》(编29—32)、《铁路建设》(T36、96—22)、《北京立交桥》(95—10)、《中国汽车》(96—16)、《中国飞机》(96—9)、《北京正负电子对撞机》(T145)、《航天》(T108)、《火箭腾飞》(T143)、《社会主义建设成就》(T128、T139、T152、T165)、《经济特区》(94—20)、《上海浦东》(96—26)、《气象》(T24)、《中国乒乓球队荣获七项世界冠军纪念》(J71)、《中国女排》(J76)、《医疗卫生科学新成就》(T12)和反映农村巨大变化的《今日农村》(T118)等邮票,翔实地记录了新中国建设的辉煌业绩。我们要引导集邮者,热爱祖国的现在,开拓祖国的未来。

(《甘肃工人报》,1997年08月01日)

篇外篇拾遗

注:括号中为邮票志号。

通 讯

注重人才培养　为企业腾飞积蓄力量
——记白龙江林业管理局实施人才开发战略

白龙江林区位于甘肃省南部，森林资源丰富，总面积为96.75万公顷，既是我国黄河、长江上游的水源涵养林区之一，又是我国西北地区最大的木材生产基地。

20世纪50年代以来，大专院校的热血青年从祖国的四面八方来到白龙江林区，为开发林区、建设林区奉献青春。如今，他们大多数已经退休，有的相继回城了。尽管千里林海景色宜人，但因生活条件艰苦，人才吸引力不断下降。

如何改变这种状况？林管局党委经过多次研究，分析新情况，探索新路子，多渠道、多层次、多样化地为林业企业的腾飞培养跨世纪人才。

一、吸引外部人才

从1990年开始，组织人员到省内外大专院校举行人才需求座谈会，放映介绍林区情况的录像片，与年轻人谈志趣，谈事业，谈未来，谈希望，这种求贤若渴的态度和真诚感人的举动，感动了年轻的大学生，使他们感到林区虽然艰苦，但艰苦的环境能磨炼人的意志，在林区英雄确有用武之地。与此同时，派人到省劳动人事局、省教委向主管学生分配工作的负责同志介绍林区人才缺乏情况以及需要大量各类专门人才。就这样，吸收了大中专毕业生180多人。

二、自主培养人才

两条腿走路，"外部吸收"与"内部培养"并举，是局党委采取的开发人才的新举措。局党委带领的一班人历尽艰辛，多方协调，由省主管部门批准组建了白龙江林业管理局碧口技工学校、职工中专。技校已招收了四届职工子女共400多人，目前毕业学员200多人；职工中专开设财会、统计、营林、市场营销等专业，招收了五期学员，已毕业240多人。

三、岗位培训人才

为了加大企业改革的力度，使林业企业向精细型和科学化管理转变，白龙江林业管理局职工培训工作形式多样，既有长期的，又有短期的。从 1988 年开始，组织高级工程师、高级会计师讲课，举办微机、财会、营林、育苗、病虫害防治、劳资、安全、木材检验等各种类型的培训班 120 多期，参加培训的人员达 5000 多人次。

四、鼓励自学成才

白龙江林业管理局党委认为：只有提高劳动者的素质，才能使林业企业不断增强发展活力。局党委鼓励职工"自学成才"，并制定具体措施：凡是参加高等教育自学考试的人员，考前给复习假，考试期间给公假，不扣工资和奖金。生活困难的考生，对其费用适当补助。考生单科合格一门，发给奖金 15 元，取得毕业证书，一次性奖励中专 150 元，大专 250 元。全局 180 多人参加高等教育自学考试，已毕业的中专生 22 人，大专生 30 多人，本科生 5 人。

五、开发未来人才

在立足培养现有人员的同时，局党委开发人才的又一举措是：为 21 世纪的林业建设培养跨世纪人才。局党委为了贯彻林业部提出的以"营林为主"的方针，充分利用林区多种自然资源，使林业企业的产业、产品结构趋于合理化、科学化，增强林业企业活力，尽快适应市场经济的发展。在林业部、甘肃省委、省政府的大力支持下，建立了河西林果开发区，两水冷却塔厂，兰州塑料管厂，天水、昭化林工商贸中心，广州中林公司，连云港三木公司等。根据这些转产开发项目，需要什么样的人才，就培养什么样的人才。从 1988 年开始，林管局从应届、往届高考落榜的职工子女和初中毕业的职工子女中选拔了一批成绩较好，有一定培养前途的学生，直接委托省内外 20 余所院校对他们进行培养。目前学成毕业的有 200 多人，在校学习的有 400 多人。对于学成归来的学员，先聘用，然后占用当年的招工招干指标优先录用。职工子女的家长们交口称赞局里的决策者们为白龙江林区、为他们自己解决了后顾之忧。

总之，白龙江林业管理局党委带领的一班人，就这样因时制宜，因地制宜，激励人们学技术，学本领。全局现有职工 13442 人，各类科技人员 1358 人，占全局职工人数的 10.1%，其中具有高级职称的 60 人，中级职

称 432 人,初级职称 866 人,比 1988 年的 558 人,增长了 1.4 倍。职工队
伍中涌现出了一批技术上过得硬的尖子人物和方方面面工作上的顶梁
柱,为"科技兴林",为白龙江林业企业在 21 世纪全面腾飞积蓄了力量。
1996 年,全局企业整顿验收,各项指标均达到要求,企业开始由亏损转向
盈余,白龙江林区的全面振兴大有希望。

(《中国林业教育》,1997 年第 4 期。)